KB093179

나만큼 내 삶에 진심인 사람은 없다

나만큼
내 삶에
진심인 사람은 없다

프로실패러의
'찌그러진 삶을 펴는
도전의 기술'

원하늘 지음

도서
출판 니어북스

내 인생이
당신에게 가 닿기를

열렬하게 내가 원하는 모습이 되기 위해 살아왔다. 남을 위해 참거나 희생하지 않고 하고 싶은 건 다 하면서 말이다. 주변에서는 시기와 걱정이 섞인 충고를 건네기도 했다. "아니, 그 좋은 걸 왜 관두는 거야?", "지금 나이여야 할 수 있는 일이 있어", "이런 말하기 좀 그렇지만, 너 되게 생각 없이 사는 거 같아"라는 말들. 그들의 말이 옳고, 설령 내가 인생의 기준이나 궤도를 이탈해 나아가고 있다 해도 상관없었다. 누구도 가지지 못한 나만의 지도를 들고 언제든 씩씩하게 원하는 방향으로 발을 내디뎠다.

20대 시절 무전여행을 한 적이 있었다. 떠나고 싶다는 생각이 들자마자 최소한의 차비와 초코파이 몇 개만 챙긴 채, 홀연히 충청남도 종단을 목표로 여행길에 올랐다. 창피함만 무릅쓴다면 여행하며 발 닿는 곳 어디에서든 하루 지낼 수 있을 거라고 생각했다. 실제로 여행 중 만난 어르신들은 하나같이 선뜻 따뜻한 잠자리를 내주셨다. 운이 참 좋았다. 여행 며칠째였던가. 그날도 날이 어두워질 때쯤 길에서 우연히 만난 할머니께 염치 불고하고 하루만 재워달라며 부탁했는데 흔쾌히 수락하셨다. 할머니를 따라 도착한 집에 짐을 풀고, 투박하게 차려주신 식사로 배불리 배를 채웠다. 씻고 나와 보니 할머니 잠자리 옆에 내가 누울 요와 이불이 가지런히 펼쳐져 있었다. 불 꺼진 방에 나란히 누워 두런두런 얘기를 나누다가 할머니께 이런 질문을 드렸다.

"할머니, 젊었을 때로 돌아가고 싶지 않으세요?"

별 생각 없이 던진 질문이었다. 그저, 누구나 나이를 먹으면 과거의 젊은 날로 돌아가 더 멋진 삶을 살고 싶을 거라 생각했는데 할머니께서는 전혀 예상하지 못한 답을 하셨다.

"어이구, 우찌 또 산다. 지겨워. 션찮은 소리는 하덜랑 말어."

그때 할머니의 답은 젊은 나의 고개를 갸우뚱하게 만들었지만, 수많은 하루를 지나며 살아보니 나의 대답도 할머니와 같아졌다.

젊은 나는 이해하지 못했지만 치열하게 삶을 살아온 어른들에게 영광과 피로가 뒤범벅된 날들이 굳이 다시 필요하진 않다는 걸 나는 이제야 깨닫는 중이다.

신문기자가 되고 조금씩 인정을 받기 시작할 무렵, 나는 공부가 하고 싶어 다시 대학교에 갈 준비를 했다. 주위에선 내게 쓴소리를 했다. 공부도 다 때가 있고, 지금 좋은 직장에서 자리 잡고 있는데 무슨 대학을 다시 가냐며 손사래를 쳤다. 현실적인 면을 생각한다면 그들의 의견을 따르는 게 맞을지도 몰랐지만 그럼에도 내 마음은 바뀌지 않았다. 덕분에 다녔던 대학교만 세 군데, 학위도 셋이다. 아무도 내게 강요하지 않은, 오롯이 내가 선택한 결과였다. 나의 선택을 두고 처음엔 충고와 조언을 거침없이 던졌지만, 막상 다시 공부를 시작하자 그들 모두 나를 지켜볼 뿐 다른 이야기는 건네지 않았다. 생각보다 사람들이 나에게 관심이 없다는 걸 그때 깨달았다.

대다수의 사람이 가는 길을 기준으로 두지 않고 혼자만의 길을 개척하며 사는 동안 나는 결혼을 했고, 소중한 두 아이를 얻었다. 숱한 경험 덕분에 공무원 시험도 단기간에 합격했다. 여기까지 온 내 인생을 두고 사람들은 이제 안정적인 직장에 다니며 애들 커가는 거 보는 일만 남았다고, 다들 그렇게 사는 거라 말한다. 하지만 그건 그들이 생각한 행복일 뿐, 나의 정답은 아니다. 인생을 두 번 살 수 없기에 한 번뿐인 내 삶의 인생 지도는 내가 만들어 가는 것이다.

20대에 놓였던 수많은 선택지 앞에서 나는 자주 답을 바꾸는 사람이었다. 잘못된 답이라고 느끼면 리셋 버튼을 누르고 새로운 답을 찾아 나섰다. 현실과 적당히 타협하며 살 수도 있었고, 답지를 내지 않을 수도 있었지만 내 인생에 꼭 맞는 답을 위해 고치고 또 고쳐서 인생을 새로 썼다. 그 수많은 리셋 과정을 실패라고 칭한다면 나는 분명 프로실패러다. 하지만 끝에 다다르지 못하고 그만 둔 경험을 실패라고 단정 지을 수 있을까? 누군가의 말처럼 인생은 실패와 성공이 아닌 성공과 성공에 이르는 과정이 있을 뿐이다.

지금도 어딘가에서 분명 그때의 나처럼 리셋버튼을 누르며 답을 고쳐가는 사람들이 있을 것이다. 그때의 내가 그랬듯 다른 사람들도 절박하고 간절한 마음으로 자신의 삶을 위해 도전을 멈추지 않는다고 생각하면 눈물이 날 것 같다. 그들에게 나의 진솔한 이야기와 경험을 나눠주고 싶다. 나의 성공과 실패 경험담을 통해 수많은 길 앞에서 고민하는 사람들에게 방향을 짚어주는 표지판

역할을 할 수 있다면 좋겠다.

　이 책에는 많은 물음표를 지나 느낌표로 귀결되었던 나의 값진 경험과 도전 과정이 들어있다. 결코 자랑스러운 부분만 있지 않은 내 삶을 꺼내 놓는 데는 큰 용기가 필요했다. 하지만 흩어져 홀로 씨름하고 있는 누군가에게 도움이 되고 감동을 주어 새로운 무언가를 느끼게 할 수 있다고 생각하니 솔직해질 수 있었다.

　이 이야기가 누군가가 찾아 헤매고 있는 힌트이기를, 나의 진심이 책을 읽는 독자들에게 온전히 가 닿을 수 있기를 바란다. 간절히 노력하는 모든 이가 자기 삶을 멋지게 펼치고 원하는 삶에 가까이 가기를, 그래서 결국엔 우리 모두 행복해지기를 바란다.

2023년 7월

원하늘

목 차

찌그러져 있다는 건
활짝 날아오르기 위한 준비

지금 찌그러져
있다고
느낀다면

직장 생활을 하며 주변 사람들에게서 이런 말을 들은 적이 있다.

"이 일은 너한테 안 맞는 거 같아."

"너랑 같이 일하는 사람들이 힘들다고 하던데."

"그런 식으로 일하지 마."

사람들이 무심결에 던진 말들은 일로써, 오롯이 나라는 존재로서 인정받고 싶었던 내게 큰 상처가 되었다. 부정적인 평가를 받을 때마다 나는 한없이 외롭고 초라해졌다. 사람들이 판단하는 모습이 진짜 나인 것 같았고, 이 직업에 어울리지 않는 사람이라는 생각이 들기도 했다. 계속되는 안 좋은 소문과 나빠지는 평판으로 인해 점점 일에서 멀어져만 갔고, 나는 그저 감정을 다독이는 자기합리화에 연연할 뿐이었다. 상황은 마치 다람쥐 쳇바퀴 돌 듯, 전혀 나아질 기미가 보이지 않았다.

더 이상 회사에 가는 일이 즐겁지 않았고, 일을 하며 느껴왔던 성취와 보람도 사라졌다. 그땐 내가 힘든 걸 주위에서도 다 알고 있을 테니, 나의 상황과 처지를 동료들이 헤아려 줄 거라고 생각했다. 하지만 남들은 내가 얼마나 힘들고, 얼마나 심적으로 지쳐 있는지 전혀 관심이 없었다. 그들은 내 마음 따위는 배제하고 다만 일을 잘하는지, 열심히 하는지, 동료들과 문제가 없는지만 중요하게 바라볼 뿐이었다.

회사에 다니기가 고역스러운 것만으로 내 삶은 엉망이 된 것 같았다. 내 삶을 바로잡고 무기력에서 벗어나기 위해 돌파구를 찾아야만 했다.

그 무렵, 직원들을 대상으로 스피치 대회가 열렸다. 평소 글 쓰는 것을 좋아하고, 언젠가 사람들 앞에서 강연하는 것을 꿈으로 생각해 왔기에, 지친 마음을 부여잡고 도전해 보기로 했다.

원고를 준비하며 스피치 연습을 하는 내 마음속에는 '제발 이거라도…'라는 간절함이 깊숙이 자리 잡았다. 무대공포증이 심한 편이라 남편과 시댁 식구들 앞에서 시연해가며 연습했고, 목소리를 녹음해 수시로 들으며 수백 번이고 연습했다.

드디어 대회 날이 다가왔다. 많은 동료 앞에 선다는 건 생각보다 크게 부담이 되는 일이었다. 하지만 그동안 열심히 연습한 나 자신을 믿고 스피치를 무사히 마칠 수 있었다. 연습에 비해 다소 실수는 있었지만, 간절한 노력은 1등이라는 결과를 가져다주었다. 스피치 대회 수상으로 상황이 바로 크게 달라진 것은 아니었지만, 나도 해낼 수 있고, 인정받을 수 있다는 자신감이 생겼다. 또한 그 자신감을 바탕으로 회사를 옮길 준비를 했고 새로운 도약을 꿈꿀 수 있는 발판을 마련했다. 강사라는 막연했던 꿈도 언젠가는 진짜 이룰 수 있겠다는 희망의 불씨가 꽃 피었다.

과연 다른 사람이 무너진 자존감으로 바닥에 주저앉은 나를 벌떡 일으켜 줄 수 있을까? 나를 일으키는 건, 주저앉은 나를 내팽개칠 수 없는 나일 뿐이다. 상황을 변화시킬 아무런 방법을 찾을 수 없다면 몸부림이라도 쳐봐야 한다.

바닥을 쳐야 올라갈 수 있다. 나라는 존재가 아무짝에도 쓸모가 없다고 느껴질 때가 바닥이다. 그때가 어쩌면 변화의 타이밍이 될 수도 있다. 몇 년 전, 그때도 그랬다.

편입 학원에 다니던 시절, 합격하려면 스터디가 필수라는 말에 열정이 차올라 수학 스터디를 모집했다. 엘리베이터에 스터디원

모집 공고를 붙였고, 연락해 온 친구들에게 "다 같이 열심히 해서 합격하자"며 파이팅을 외쳤다. 나는 조장으로서 책임감을 갖고 스터디를 열심히 이끌어 나갔다. 스터디는 순조롭게 진행됐다. 내 열성적인 모습에 스터디원들도 덩달아 자극을 받았고, 덕분에 스터디는 늘 진지하고 열정 가득한 분위기 속에서 진행되었다.

학원에서 영어 모의고사를 치르고 난 며칠 후, 학원에서는 동기 부여를 한다며 이름과 시험 점수를 석차별로 벽에 붙여 놓았다. 당시 나는 공부를 시작한 지 얼마 안 됐고, 영어를 잘하지 못해서 고민이었다. 역시나 예상했던 대로 내 점수는 초라했다. 덕분에 벽에 붙은 석차 순위에서 한참 아래까지 내려다봐야 비로소 소박하게 쓰여 있는 내 이름을 발견할 수 있었다. 나는 왜 이런 걸 벽에 붙이냐고 생각하며, 창피하니 제발 스터디원들이 보지 않기만을 바랄 뿐이었다.

그리고 나서 며칠 후에 예정되어 있던 수학 스터디를 진행했다. 스터디 때는 늘 숙제가 있었고, 만약 숙제를 해오지 않으면 벌금을 내는 규칙이 있었다. 그런데 늘 숙제를 잘해오던 스터디원 한 명이 그날 숙제를 전혀 해오지 않았고, "벌금 내면 되지 않냐?"며 유독 삐딱한 태도를 보였다. 한 명의 해이함이 스터디 전체 분위기를 망칠 수도 있기에 난 조장으로서 단호하게 한마디 했다.

"너, 숙제도 안 해오고 태도가 왜 그래? 공부 안 할 거야?"

다소 강한 어조의 물음에 그 친구는 이렇게 대답했다.

"그래도 누나보다 낫잖아요. 누나 영어 점수 작살이던데."

스터디원들 모두에게 '다 같이 붙을 수 있다'는 믿음을 주고 싶어서 늘 카리스마 있는 모습을 유지하기 위해 최선을 다하던 내게 그 친구의 말은 큰 충격과 비참함으로 다가왔다. 그 이후 난 아래 네 개의 보기 중에서 어떻게 했을까?

1. 창피하고 우울해 그날 저녁 이불을 뒤집어쓴 채로 한바탕 울고 난 후, 풀 죽은 모습으로 소심하게 스터디를 진행해 나갔다.
2. 분노에 차올라 꼴도 보기 싫어서 어떻게 하면 스터디에서 그 친구를 내쫓을 수 있을지 궁리에 몰두했다.
3. 점수로 본때를 보여주리라 이를 갈며 공부에 매진했다.
4. '어머! 나를 이렇게 막 대한 남자는 처음이야.' 그 친구의 매력에 빠져 적극적으로 들이댔다.

설마 내가 로맨스 코미디 드라마 같은 삶을 살았을 거라 예상하며 4번을 고른 사람은 없을 거라고 생각한다.

실제로 나는 더욱더 공부에 매달렸다. 자다가도 천장에 그 친구의 비웃는 표정이 그려지면서 "누나보다 낫잖아요. 낫잖아요. 낫잖아요…!" 하는 말이 귓가에 맴돌아 벌떡 일어나 수학 문제를 풀었다. 길을 걷다가도 다음 모의고사 점수가 벽에 붙었을 때는 결코 무시당하지 않으리라 다짐하며 영어 단어를 외웠다. 수업 시간은 물론이고 학원에 오가는 시간, 밥 먹고 남는 여유시간 등 나의 모든 시간을 공부에만 몰두했다. 그 친구로 인해 타오른 나의 공부 열정은 공부가 힘들다는 생각이 들지 않게 해주었고, 덕분에 나는 눈에 불을 켜고 공부에 열중할 수 있었다. 그 친구 덕분에 공부에 속도를 내며 마침내 편입시험에 합격할 수 있는 계기가 마련되었던 셈이다.

그 당시 내가 느낀 건 창피함과 초라함이었다. 스터디원들 앞에서 창피를 당했다는 사실이 부끄러웠고, 합격 근처에도 가지 못할 낮은 점수가 나를 너무나도 초라하게 만들었다.

그러나 나는 그때의 창피함과 초라함을 성적으로 극복해 내겠다는 강력한 에너지원으로 사용했다. 상황을 빠르게 변화시키고 싶어 가장 효율적인 방법을 정신없이 모색해 불도저처럼 폭발적인 힘으로 빠르게 나아갈 수 있었다.

살면서 괴로운 일을 겪거나 내가 한없이 작아지는 상황에 처했을 때는 어떻게 행동할 것인지 생각해보자. 점점 무기력에 잠식되어 언젠가 상황이 나아지기만을 그저 바랄 것인지, 아니면 상황을 반전 삼아 판을 뒤바꿀 것인지 말이다.

타인이 바라보는 나의 모습은 진짜 내가 아니다. 그들의 평가에만 연연하며 부정적인 말 속에 갇혀버리면 상황을 전혀 극복해낼 수 없다. 타인에게 나를 평가하는 주도권을 넘겨주는 순간 내 삶은 다른 사람의 혀끝에서 좌지우지된다. 가볍게 던진 말 한마디에도 좌절하고, 의욕을 잃고 만다.

좋은 평가를 받아온 사람들만이 완벽한 인생을 사는 것은 아니다. 성공한 사람들과 위인들, 유명한 소설 속 주인공들에게도 실패는 필수적이다. 누군가는 나를 높이 평가하고, 누군가는 나를 저평가하며 쓰디쓴 소리를 한다. 이때 내 인생의 주도권을 내가 가지고 있다면 우리는 아프지만 현명하게 그 상황을 극복할 수 있다. 내가 초라하게 느껴지는 그 순간에 나를 구할 수 있는 사람은 오직 나 자신뿐이라는 사실을 잊지 말자.

앞으로 이러한 상황이 오면 그 상황을 위기가 아닌 기회라고 생각해보자. 물론 그 당시에는 초라함과 수치심이 온몸을 휘감겠지만 아주 잠시, 그때뿐이다. 상황을 뒤집어보겠다는 목표로 나의 절실함을 부스터 삼아 앞으로 나아갈 동력으로 아낌없이 쓰면 된다. 편입학원에서 만난 스터디원이 속으로 나를 우습게 보며 기어코 내뱉은 그 말이 아니었더라면, 나는 그토록 전력을 다해 공부하지는 못했을 것이다. 지금은 이름도, 얼굴도 기억나지 않는 그 친구 덕분에 나는 원하는 대학에 합격할 수 있었다.

남으로 인해 생긴 초라함이든, 상대적 박탈감에서 느끼게 된 자괴감 혹은 열등감 등 무엇이든 상관없다. 바닥에 떨어진 자존심을 더 나은 미래를 살고 싶다는 발전적 동기부여로 삼아 보자. 자신을 성장시키는 충분한 땔감으로써 스스로를 활활 타오르게 할 것이다. 살면서 이러한 상황을 한 번도 겪지 못한다면 오히려 노력하고 성장하는 데 있어 의미를 찾지 못하고 발전 없는 똑같은 나날만이 계속될 수도 있다.

살다 보면 인생을 자신이 바라는 방향으로 이끌어갈 몇 번의 시기가 찾아온다. 그때를 놓치지 말고 있는 힘껏 노력해야 더 늦지 않게 자신이 원하는 삶의 모습에 가까워지게 된다. 인정하고 싶지 않은 그날들이, 오히려 자신을 한 단계 점프시켜 줄 기회라고 여겨보자.

자신이 지금 너무 초라하고 찌그러진 삶을 살고 있다고 느껴진다면 이렇게 생각하자.

'아, 때가 왔구나!'

아니, 두려워도
해보는 거야

아이들과 종종 EBS 채널을 볼 때가 있다. 아직 말하지 못하는 두 살배기 아들은 EBS에서 어린이 만화영화가 나오면 이내 넋을 놓고 열중한다. 어느 날 아들과 함께 본 만화영화의 제목은 『빅 블루』. 신비한 바닷속 도시 '빅 블루'를 보호하기 위해 파견된 수호대가 겪는 좌충우돌 이야기다.

수호대원 필은 평소 걱정이 많아 "난 못해"를 입에 달고 살았다. 새로운 시도에는 도망치기 일쑤여서 줄행랑은 필의 특기였다. 거북이 요원 프레디는 필에게 자신감을 심어 주기 위해 자신의 등딱지를 빌려준다. 필은 등딱지를 입자 천하무적이 된 것 같은 자신감이 솟구쳤다. 가장 센 물대포 발사 공격에도 간지럽다며 콧방귀를 뀌었고, 자신에게 '도끼'라

23

는 거친 별명을 붙였다. 자신감을 주체할 수 없던 필은 무법자들이 난무하는 싸움 경기에도 도전장을 내밀었다.

"어떤 상대라도 걱정할 거 없어! 나, 도끼가 있잖아!"

하지만 필의 등딱지는 경기 시작 직전 산산조각이 나고 말았다. 소중한 등딱지가 망가져 두려움에 떨던 필은 자신이 더 이상 도끼가 아니라며 경기에서 도망치려 했다. 그때 대장은 필에게 말한다.

"무서워해도 괜찮아. 두려움으로 이기면 되니까! 두려움과 용기는 뗄 수 없는 관계야. 용기가 있다는 건 두려움이 없다는 게 아니야. 용기란 그 두려움을 이용하는 방법이지. 두려움으로 위험에서 벗어나. 네가 늘 해왔듯이."

필은 포기하는 대신 자신의 주특기인 도망 다니기 작전으로 경기를 펼쳤다. 상대는 잽싸게 도망 다니는 필을 쫓다 지쳐 쓰러졌고, 결국 승리는 필의 차지였다.

우리는 어릴 때부터 두려워도 용기를 내보라는 가르침을 받는다. 하지만 나이가 들면 들수록 점점 용기 내는 것을 부담스러워하고, 확실하지 않으면 시도조차 해보지 않는 어른이 되어 간다. 거북이 요원 프레디가 필에게 빌려준 등딱지는 실패에 대비할 확실한 준비를 상징한다. 필이 등딱지를 입으면 딱히 용기 따윈 필요가 없었다. 두려울 게 없었기 때문이다.

그러면 우리의 삶으로 돌아와서 질문해보자. 과연 확실한 준비라는 게 있을까? 안타깝게도, 만화에서 등딱지가 갑자기 부서지듯 확실한 건 없다. 하지만 절망할 필요는 없다. 내가 진정 원하는 것이 있다면 확실하게 준비되었을 때 시도하는 게 아니기 때문이다. 도전은 가장 높은 가능성을 보고 시도하는 것이다.

『빅 블루』에서 대장은 필에게 무모한 용기를 내라고 말하지 않는다. 대신 필이 스스로 용기를 낼 수 있도록 가장 가능성 있는 방법을 일깨워준다. 용기는 가능성에 바탕을 두어야 한다. 가능성을 점치지 않고 꺼내는 용기는 그저 '이번엔 실패해도 괜찮다'는 안일한 생각일 뿐이다. 어설픈 용기는 순응하기 싫은 서투른 시도에 지나지 않는다. 성공할 방법을 찾고, 만들고, 끌어내어 가능성을 최대한 높인 후 용기를 내보자. 도전하고 싶다면, 이뤄내고 싶다면 어설픈 용기가 아닌 내가 만든 가능성으로 탄탄하게 다진 용기로 무장해 내달려야 한다.

'두려워하지 말고 도전하라'는 말이 있다. 과연 도전이 두렵지 않은 사람이 있을까? 아무리 높은 가능성으로 도전해도 실패할지 모르기에 언제나 도전은 두려운 법이다.

이 말을 '아니, 두려워도 도전해 보는 거야!'라고 다시 말해보자. 용기를 내지 않으면 삶은 그대로 흘러간다. 변화를 원하는 열망이 가득하다면 용기 또한 같은 크기로 자리 잡고 있다. 이제나저제나 뛰어나올 순간만을 기다리면서 말이다. 지금 내가 원하는 삶의 방향이 아닌 다른 곳을 향하고 있다면 이제 용기를 꺼내 놓을 차례다. 그래야만 그토록 바라던 기회에 닿을 가능성이 생기기 때문이다.

살면서 가장 가슴 아픈 것 중 하나는 시작조차 해보지 않고 포기하는 것이다. 절절한 짝사랑 상대에게 고백 한 번 하지 못하고 사랑을 접는다면 아쉽지 않은가? 꿈도 마찬가지다. 시도조차 안 한 채로 '난 안 될 거야. 어려울 거야. 난 못할 거야'라며 포기한다면 훗날 생각이 날 때마다 가슴이 아리고 평생 미련이 남을 것이다. 해보고 안 되는 건 다시 시도하거나 방향을 틀면 된다. 하지만 도전하지 않는 것은 그동안 내 속에서 애타게 오직 꺼내주기만을 바라던 용기를 헛되이 낭비하는 안타까운 일이다.

용기는 쓸수록 숙성이 되어 깊고 탄탄해진다. 어렵사리 꺼낸 용기를 발판 삼아 도전하고 성공을 모아가며, 그렇게 우리는 조금씩 두려움을 극복하는 방법을 배워 나간다. 힘들었던 한 번의 도전이 끝나고 성공이 쌓이면 용기도 함께 자라난다. 용기는 한층 무르익어 다음 도전에는 두려움보다 더 큰 희망과 기대감을 안겨줄 것이다.

나에게 도전이란 운명적인 사랑과 같다. 끝이 두렵지만 할 수밖에 없는 것. 누가 시키지 않아도, 심지어 주변에서 극구 말려도 기어코 하고야 마는 것. 좋은 순간만을 상상하며 행복한 미소를 짓는 그런 사랑 말이다. 용기 내어 성취한 성공이 부족했던 삶의 허기를 채워주고 풍요로운 만족과 행복감을 안겨준다고 상상해보자. 우리는 그저 성공만이 결론이라는 듯 도전하면 된다.

류시화 시인의 시집 중 이런 제목이 있다.
'사랑하라. 한 번도 상처받지 않은 것처럼.'
삶도 마찬가지다.

"도전하라. 실패를 모르는 것처럼."

답을 모를 땐,
가슴이 뛰는 곳으로

신생아를 재우려면 안아주는 것은 물론이고, 여러 가지 백색소음을 들려주며 최대한 안정감을 줘야 한다. 나는 연년생을 키우느라 무려 2년 동안이나 아기를 재우기 위해 온갖 소리를 총동원했다. 우리 아이들이 잠드는 데 효과가 좋았던 소리 중 하나는 바로 심장박동이었다. 세상에 태어나 혼란스럽고 정서적 불안감이 큰 아기들은 엄마 뱃속에서 들었던 심장박동 소리를 들으며 안정감과 편안함을 느낀다고 한다.

어쩌면 우리가 무언가를 선택할 때, 심장이 뛰는 곳으로 향하는 것은 본능이 아닐까?

나에게 세상은 끔찍하게도 잔혹했다. 항상 호락호락하게 내버려 두는 법이 없었다. 대충해서 얻을 수 있는 성과도, 노력 없이 이룰 수 있는 성공도 없었다. 조금만 허술하게 방심하면 실패를 던져주었다. 마치 "이런 걸 보고서라고 작성했어? 다시 해 와!" 멘트와 함께 서류를 공중에 던져버리는 무자비한 직장 상사처럼 말이다. 이런 종류의 상사를 만족시키려면 보고서의 모든 것이 완벽해야 한다. 내용과 구성은 물론이고 표지 디자인부터 글씨체, 쪽 여백, 줄과 글자 간격 등 모든 것을 세세하게 신경 써야 한다.

성공도 마찬가지다. 성공은 여러 가지 노력의 집합체. 가능한 온갖 방법을 총동원해 성공에 다가서기 위해서는 많은 에너지와 시간을 들여야 하고, 희생 또한 필수적이기 때문에 그만큼 내가 간절히 원하는 것이어야 결국 해낼 수 있다. 원하는 목표가 분명하다면 잠을 자지 않으면서 노력하더라도 힘든 가운데 희망이 함께하지만, 타인에 의해 세워진 목표나 내가 원하지 않는 일이라면 몇 배의 노력을 더 기울여야 하는 것은 물론이고, 그런 노력을 하더라도 행복을 느낄 수가 없다. 설정한 목표를 향해 나아가는 과정은 순탄치만은 않다. 그래도 그 속에 즐거움과 기대감이 담겨 있다면 완주할 가능성이 높다. 설레는 일이란 힘들지 않은 일이 아니라 힘들어도 계속하고 싶은 일이다.

나는 어떤 일에 도전할지 말지 결정할 때 '과연 최선을 다할 수 있는 일인가?'를 가장 먼저 생각한다. 좋아하는 일에는 열정을 불태우지만, 하기 싫은 일에는 유독 의욕이 없기에 얼마나 간절하게 원하는 일인지가 내겐 가장 중요한 기준인 셈이다. 내가 원하는 곳을 목표지점으로 설정하면 간절함은 자연스레 점점 커지기 마련이다.

목표를 정할 때 가슴이 뛰고 설레는 곳으로 향하라고 하면 흔히들 이렇게 말한다.

"세상 물정 모르는 소리 하네. 하고 싶은 일만 하면서 어떻게 살아? 세상이 그렇게 만만한지 알아?"

나 역시 세상 물정을 경험하고 이 험난한 세상의 직격탄을 맞아봤기에 알고 있다. 모든 노력을 쥐어짜도 성공할 가능성이 있을까 말까 할 정도로 호락호락하지 않은 세상인데 과연 간절히 원하지도 않는 일로 성공할 수 있을까? 성공한 사람들의 비법서에 나오듯 매일 마음으로 바라고 기도하여 우주의 기운을 끌어모으고 가능성을 조금이라도 높이는 모든 방법을 동원하기 위해서는 더욱 내가 진정 바라는 목표를 설정해야 한다. 설렘으로 시작했지만, 막상 들어가서 보면 내가 원하는 일이 아닐지도 모른다. 하지만 이건 우선 이룬 후에 생각해도 늦지 않다.

편입 준비를 할 때는 바라던 대학의 교정을 걷는 상상을 했다. 전공 책을 옆구리에 끼고 머리를 휘날리며 "안녕하세요. ○○대학교 원하늘입니다"라고 말하는 상상을 하면 가슴이 터질 듯했다. 공부할 때 자주 이런 상상을 했고, 상상은 절실함으로 자연스럽게 이어지면서 공부에 열정이 불타오르게 만들어 주었다. 공시 공부를 할 때도 마찬가지였다. 번듯한 직업을 갖춘 커리어 우먼이 된 나를 상상하면 심장이 요동쳤고, 심호흡으로 마음을 가라앉히며 다시 공부에 매진하곤 했다. 그 결과 편입시험 준비 9개월만에 바라던 합격을 할 수 있었고, 공무원 시험도 준비 5개월만에 합격했다.

살면서 내가 시도해왔던 여러 가지 목표 중 치열한 노력 없이 거저 이뤄진 성공은 없었다. 직장에 다니면서 국가 기술 자격증을 취득하려고 시도해 본 것도 그랬다. 당시 기사 자격증에 대한 큰 목표 의식은 없었지만 다른 직원들이 취득하는 걸 보고 나도 뒤처지면 안 되겠다는 생각에서 시작했다. 그러나 '따긴 따야 하는데, 따봤자 무슨 소용이 있을까?'라는 회의적인 생각이 끊임없이 들었고, 결국 공부는 하는 둥 마는 둥 하게 됐다. 결과는 어땠을까? 3년이란 시간 동안 원서접수만 하고 시험장에 가지 않거나 시험을 치르고도 불합격했다. 안일하게 세운 목표로 인한 손해가 막심했다. 시간을 허비하며 마음의 여유가 없어 다른 목표를 세우지 못했고 '난 왜 이것도 못 할까?'라는 감정 소모에 자책감만 늘어났다.

사람은 저마다 원하는 방향이 다르다. 가는 방향에 따라 유능해지기도 하고 무능해지기도 한다. 많은 사람이 가는 길이 그럴듯해 보이겠지만, 맹목적으로 그 길을 따른다면 자신의 특별함은 잊게 된다. 내 안에는 거대한 잠재력이 잠들어 있고, 그 잠재력은 내 안에서 발현되기를 갈망하고 있다. 내 안의 잠재력을 일깨우려면 내가 진정 원하는 방향으로 나아가야 한다. 생각만 해도 심장이 두근대고 설렘과 흥분으로 온몸의 피가 뜨거워지는 그런 곳 말이다. 뜨겁게 원하지 않는다면 시작부터 하지 말자.

어디로 가야 할지 방향을 모르겠다면 마음에 방향을 물어보자. 그리고 마음이 반응하는 곳을 바라보자. 설레는 그곳에 빙긋이 미소 짓고 말하자.

"기다려. 내가 곧 도착할 거야."

나의 무기는
실패 후 일어서는
좀비 근성

한의원에서 상담하는 일을 한 적이 있다. 환자분들과 마주하는 일이 즐거웠고, 다른 업무들도 여러모로 적성에 맞아 내가 그토록 찾던 평생 직업을 찾았다고 생각했다. 누가 시키지 않아도 주말에 출근해서 차트를 정리할 만큼 업무에 큰 애정을 갖고 있던 나를 원장님도 고맙고 든든하게 생각하고 있었다. 그런데 언제부턴가 원장님의 태도가 싸늘하게 변하기 시작했다. 영문도 모른 채 며칠을 보내고 있었는데 원장님께서 나를 부르더니 영업력이 떨어져 그만뒀으면 한다고 말씀하셨다.

퇴근하며 집으로 가는 길에 눈물이 흘러나왔다. 지하철에서는 입을 틀어막고 소리 없이 울었다. 원장님 말씀이 맞았다. 환자분들과 대화를 나누면서 "이 한약 드시면 몸이 좋아지실 거예요"라고 응원해 드릴 수 있다는 건 즐거웠다. 하지만 경제적 어려움을 토로하는 환자에게 몇 달 치의 한약을 한꺼번에 구매하라는 말은 차마 꺼내지 못했다.

집에 가서도 눈물은 멈추지 않았다. 내 모습은 마치 사랑했던 사람과 이별해 시련 당한 여주인공 같았다. 당시 로맨스 드라마를 좋아했고, 사랑에 관한 영상도 많이 봤다. 그래서일까, 울고 있는데 불현듯 기억의 조각 속에서 어떤 목소리가 떠올랐다.

"너를 사랑하지 않는 사람 때문에 울지 마. 너를 진심으로 사랑하는 사람을 만날 기회가 더 빨리 온 것뿐이야."

내가 처한 상황 역시 이와 다를 바 없다는 생각이 들었다. 애정을 쏟았던 일에서 권고사직을 당했다고 슬퍼할 필요가 없었다. 오히려 진짜 내 꿈을 만날 기회가 더 가까워졌다고 생각하니 더 이상 슬프지 않았다.

갑작스럽게 권고사직을 당하거나 일이 적성에 맞지 않는다는 걸 깨달았다면, 그건 정말 잘된 일이다. 내 일이 아니라는 걸 빠르게 알게 해줬기 때문이다. 덕분에 허비할 시간이 단축되었으니 오히려 감사해야 할 일이다.

나는 한의원 말고도 일하다 몇 번 더 잘린 경험이 있다. 아마 실패한 걸로 치면 내 또래 여성 중 상위권에 들 것이다. 그만큼 더 많은 도전을 하고 더 많은 경험을 했다. 열심히 일을 했는데도 잘렸을 땐 어김없이 자괴감이 찾아오곤 했지만 결국 이 경험 덕분에 나와 정말 안 맞는 일을 대부분 가려낼 수 있었다.

대학 교수님의 추천으로 한 중소기업에 입사한 적이 있다. 회사는 업계에 어느 정도 알려져 있고 직원도 100명이 넘을 정도로 제법 탄탄한 기업이었다. 나는 제발 이곳이 내 직장의 종착지가 되기를 바라며 떨리는 마음으로 업무에 임했다. 입사 후 가장 먼저 주어진 업무는 새로 개발한 제품의 인증을 받는 일이었는데, 생소한 일인 데다 전임자까지 다른 회사로 이직한 상황이라 뭐부터 해야 할지 갈피를 못 잡았다. 막막했지만 남겨진 자료를 보며혼자 일을 파악해야만 했다. 좀체 감을 잡기 어려워 회사에 가는 발걸음이 무거웠고, 나도 모르게 낯빛은 어두워져만 갔다.

그때 업계 전시회가 열렸고 우리 회사도 참가했다. 전 직원이 전시회에 동원되었다. 나는 우리 부스에 오는 고객들을 맞이하기도 하고, 다른 기업 부스에 방문하여 인증 업무를 묻고 다니기도 했다. 활동적으로 고객을 맞이하고 돌아다니는 일을 하니 미소가 절로 나왔고, 전시회 기간 내내 밝은 모습으로 임했다. 그렇게 전시회가 끝나고 부장님이 나를 부르셨다. 뒷골이 서늘한 불안한 느낌으로 부장님 앞에 마주했다.

"아무래도 현재 맡고 있는 업무가 하늘 씨랑 안 맞는 거 같아. 인증 업무는 경력직 사원을 뽑아야겠어. 하늘 씨는 영업 쪽 일이 잘 맞을 거야. 내가 오랜 경험으로 사람 보는 눈이 있으니 맞을 거야."

그렇다. 또 잘렸다. 영업을 못 한다고 잘린 적이 있었는데, 이번엔 영업일을 해보라고 조언을 들은 것이다. 영업부로 부서이동을 고려해 줄 수도 있었을텐데, 그야말로, 냉정하게 해고당했다. 머릿속엔 '넌덜머리 나는 더러운 세상!'이라는 생각으로 가득 찼다. 열심히 해보려고 하면 그만두라 하니, '세상이 문제인가, 내가 문제인가' 하는 서글픔도 몰려왔다. 운다고 해결되는 게 없어서 이젠 울기도 싫었다. 속상하다고 시간을 허비하면 나만 손해라는 생각이 들었다.

나는 상황을 차분히 정리해 보았다.

'왜 인증 업무가 안 맞는다고 판단하셨을까? 아마도 업무에 갈피를 못 잡고 어두운 표정으로 다녔기 때문 아닐까? 하지만 업무를 알려줄 사람이 없었으니 이걸로 사무직이 아예 안 맞는다고 판단하진 말자. 방법을 모를 때 헤쳐 나가는 역량이 아직은 부족할 수도 있고, 힘든 상황에서도 웃으며 지내는 포커페이스도 잘 안 됐나 보다.'

'왜 영업을 해보라고 하신 걸까? 아마 내가 사람을 상대할 때 즐거워하는 게 보였기 때문일 거야. 그렇다면 영업보다 사람을 상대하는 활동적인 일이 나에게 잘 맞는 거 같아.'

이렇게 정리하고 보니 마음이 편해졌다. 짧은 시간이지만 친해졌던 동료들에게 작별 인사로 과자와 초콜릿을 봉지에 넣어 만든 소박한 선물 세트를 돌리고 그곳 생활을 마무리했다.

비록 또 회사를 떠나게 되었지만 실패를 거듭하면서 내공이 쌓였다. 처음에 울기만 하던 내가 몇 번을 해고당하며 원인을 분석하고 나아갈 방향을 모색하기 시작한 것이다. 실패에 젖어 들라는 말이 아니다. 실패를 분석해 성공으로 가는 길을 찾아야 한다. 오직 경험하고 그것을 바탕으로 생각해야만 내공을 쌓을 수 있다.

영화 『극한직업』에서 류승룡 배우가 맡았던 배역 고 반장의 별명은 '좀비 반장'이다. 12번 넘게 칼에 찔려도 절대 죽지 않기에 붙여진 별명이다. 영화 후반 배 위에서 신하균과 싸울 때도 류승

룡은 맞아도 맞아도 계속 일어나는 좀비 같은 모습을 보여주었다. 다른 동료는 고 반장을 이렇게 설명했다. "안 죽어, 그 형은. 그냥 좀비야." 영화 속 고 반장처럼 우리도 실패했다고 절대 '고꾸라지지' 말자. 살짝 주저앉아 쉬다가 좀비처럼 벌떡 일어서자.

실패를 한다는 건 뼈아픈 일이지만, 우리 모두 알고 있다. 실패의 경험으로 성공에 다가가고 있다는 것을. 이렇게 생각하면 실패는 진짜 실패가 아니게 된다. 아직 목표에 도달하지 못한 경험 중 하나일 뿐이다. 어쩌면 사람은 각자 겪어야 하는 실패의 양이 정해져 있는 것일지도 모른다. 정해진 양의 실패를 모두 겪고 나서야 성공이 온다는 생각이 든다. 그러니 앞으로 하나의 실패를 겪고 나면 한 걸음 더 성공에 가까워졌다 생각하자. 설사 다음 도전이 또 실패할지언정 좀비처럼 일어나 또다시 도전하면 된다. 성공에 다다를 때까지 말이다.

무언가를 열심히 노력했지만 또 실패했다면, 이젠 고개를 끄덕이며 이렇게 말해보자.

"오케이, 하나 끝냈어."

내 버전
업그레이드 시키기

금수저가 아니어서 한탄스러울 때가 있었다. '대체 왜 내 인생에는 귀인이 나타나지 않는 걸까?'라는 허황된 생각으로 팔자를 원망하던 때도 있었다. 그저 누군가 내 잠재력을 알아봐 주고 내가 바라는 저 위의 세상으로 데려가 주기만을 막연히 바라왔다.

하지만 이제는 안다. 삶은 계속 밟고 올라가는 계단의 연속이라는 것을. 에스컬레이터나 엘리베이터처럼 올라타기만 하면 가만히 있어도 저 위까지 자동으로 데려다주는 법이 없다. 한 발 한 발 내디디며 내가 직접 올라가야 원하는 목적지에 도달할 수 있다.

어렸을 때 즐겨 하던 게임 중 하나인 슈퍼마리오를 지금 떠올려 보면 우리의 삶과 비슷한 양상을 띠는 것 같다. 슈퍼마리오가 벽

돌을 깨부수고 거북이를 밟으며 나아가는 모습은 마치 우리가 목표까지 향해가는 여정 중 만나는 험난한 과정들과 상당 부분 닮아 있다. 우리는 그저 슈퍼마리오처럼 장애물을 하나씩 깨부수거나 피하면서 가던 길을 계속 가면 된다. 슈퍼마리오 게임을 하다 보면 끝판에 나타나는 용처럼 쉽게 깨부수기 어려운 장애물도 있다. 장애물을 피해 가거나 악당과 싸우다 실패하곤 하는데, 슈퍼마리오는 거기서 끝이 아니다. 다 끝났다고 생각되는 아쉬운 순간에 힘찬 음악과 함께 다시 도전할 수 있는 새로운 판이 시작된다.

우리 삶도 마찬가지다. 목적을 이루기 위해 앞으로 가다 간혹 주저앉거나 넘어지고 말았다면 리셋 버튼을 눌러보자. 새롭게 시작해보는 거다. 마음을 가다듬고 훌훌 털고, 혹은 넘어져 생긴 상처를 치유하고 실패한 나를 디딤돌 삼아 다시 일어나면 된다. 내 맘 같지 않은 세상살이에서 우리는 분명 여러 번 넘어지거나 뜻하지 않은 공격에 무너질 수도 있다. 그때마다 슈퍼마리오를 떠올려 보자. 우리에겐 리셋이란 강력한 무기가 있으니 다시 도전할 수 있다는 사실을 떠올리면 된다.

다시 도전할 마음이 준비되었다면, 이제 내 힘으로 하나씩 일구어 가는 성공의 가치를 알아갈 차례다.

20대 때 수험 공부하던 시절, 본격적으로 공부를 시작하기 전에 가장 먼저 핸드폰을 정지시켰다. 지금 생각해보면 핸드폰을 정지시키면서까지 공부에만 집중했던 내 모습을 사랑했던 것 같다. 핸드폰을 정지하면서까지 공부에 몰두했던 처절한 노력의 경험은 과거의 내가 현재의 나에게 주었던 선물로 남아있다. 합격의 짜릿함은 전력 질주하며 달려왔던 과거의 나에게 감사를 표하게 만들었다. 시간이 지나도 마찬가지다. 과거의 내가 준 선물들은 지금의 내가 초라해지지 않게 어깨를 바짝 펴주는 떳떳한 자신감을 선사해주었다.

그러나 달콤한 경험만이 인생에 남을 리 없다. 미래에 보내는 선물 대신 곱씹을수록 쓰리고 매운 맛의 경험들이 훨씬 더 많았다. 내 머리를 후려치고 싶을 만큼 후회스럽고 과거로 시간을 돌리고 싶은 일들이 허다했다. 하지만 지나고 나서 생각해보니 그 후회스런 경험을 통해 몸소 느낀 교훈들이 소중한 메시지로 남아있다. 한때 잘못했던 과거가 자꾸 떠오르며 나를 괴롭힌다면 '그땐 그랬지' 하며 당시의 내 수준이 딱 그 정도였다고 깨달으면 된다. 부끄러운 행동이었음을 깨달았다는 건, 내가 그만큼 더 나은 버전으로 업그레이드됐다는 의미다. 지금의 나는 그때의 나와는 전혀 다른 사람이다.

오히려, 한층 성장한 나에게 뿌듯함을 느끼면 된다. 만약 그때와 같은 상황이 온다면 어떻게 할지 머릿속으로 시뮬레이션을 돌려보기도 하고 실패의 원인을 글로 적어보기도 하자.

제대로 실수해 본 사람만이 잘못된 지점을 정확히 인지할 수 있다. 이 과정을 거쳐 다음엔 그 길을 피해 성공에 도달할 수 있다. 건강한 실패는 좋은 자산이다. 실수하고 잘못한 일들을 피하지 않고 마주했던 경험, 그로 인해 성장한 시간은 성공 경험 못지않은 선물로 남을 것이다.

내가 많은 경험을 해봤다는 것, 여러 역할로 불린다는 건 축복이다. 이 세상에 나와 똑같은 경험을 한 사람이 또 있을까? 나처럼 학원 강사도 하고 신문기자를 하다가 기업보험 영업을 하고, 편의점, 베이커리 아르바이트와 그 외에 수많은 직업을 거치다 현재 공무원을 하고 있는 사람이 과연 몇이나 될까? 예상하건대, 아마 단 한 명도 없을 것이다. 나는 이 세상의 유일무이한 존재다. 어느 정도 엇비슷한 궤적을 가진 사람은 있어도, 나와 똑같은 경험을 한 사람은 없다. 오직 나일 뿐이다. '나'라는 퍼즐판 속에 경험이라는 조각들이 놓여있다. 그중 한 조각이라도 빠지면 내 퍼즐은 완성되지 않는다. 퍼즐 조각이 작든 크든 간에 반드시 필요한 조각들이다. 이처럼 지금까지 겪어온 모든 경험 중 중요하지 않거나 필요 없는 경험은 없다.

그렇게 생각해보니 나로 산다는 것, 내가 나라는 게 참으로 감사하다. 이 세상에 유일무이하고 소중한 이 몸으로 남은 인생을 더 잘 꾸려 가보자는 생각을 하게 됐다. 그래서 이렇게 책도 쓰고 하고 싶은 다양한 분야에 도전도 할 계획이다. 좋게 말하면 도전적이고 열정적인 삶이지만, 반대로 말하면 한 가지를 깊게 하지 못하는 끈기 없고 일만 벌이고 다니는 사람이라고 할 수도 있다. 하지만 그러면 뭐 어떤가? 나는 그저 원하는 삶을 살기 위해 끊임없는 과정을 밟고 찾아가는 중, 그뿐이다. 원하는 걸 이루기 위한 노력에는 '과하다', '심하다'는 말보다 '진심이구나'라는 말이 더 어울린다.

경험은 절대 뒤로 가는 법이 없다. 오직 앞으로만 나아간다. 별 거 아니라는 생각이 들어도 내 안에서 경험의 내공은 차곡차곡 쌓이고 있다. 쓸데없는 경험이라도 괜찮다. 그것은 지금 판단할 문제가 아니다. 적금을 넣듯, 저금통에 동전을 저금하듯 차곡차곡 경험을 모아가자. 현실이 힘들고 불만족스럽다면 내가 쌓아온 경험만이 나를 성공시켜줄 자양분이 되고 위로 끌어올려 줄 동아줄이 될 것이다. 영혼까지 끌어모은다는 '영끌'처럼 아주 사소한 경험까지도 끌어모으다 보면 언젠가 써먹을 데가 있는 법이다.

나에게, 내 삶에 한계를 규정짓거나 스스로 태클을 걸지 말자. 안 되면 안 되는 대로 사는 게 아니라 될 때까지 찾아보자. 삶을 수정해 나간다는 게 얼마나 가치 있고 재미있는 일인지 느껴보자. 자기를 알아가고 원하는 대로 살아 가려고 노력한다면 자신의 가치는 꾸준히 상승할 것이다. 이렇게 나이 먹는다는 건 나를 위한 내 노력이 그만큼 더 쌓인다는 것. 나이 드는 게 뿌듯하고 내 미래가 무척 기대되고 보고 싶을 것이다. 나 또한 30대까지의 풋내기 인생에서 적당히 무르익어가는 40대의 삶이 어떻게 펼쳐질지 너무나도 기대되고 기다려진다.

나이 먹는 일을 원하늘 1.0에서 원하늘 2.0으로 업그레이드 되는 과정이라고 생각하면 이해가 좀 더 쉬워진다. 새롭게 시작되는 내 삶에 무엇을 추가하고, 얼마나 새로워질지 그 즐거운 과정을 즐겨보자.

"최신버전으로 업그레이드 하시겠습니까?"

"당연하지!"

아자! 가자!

2장

마음을 다잡고, 한 걸음 또 한 걸음

과거와 이별하며
성장하기

한 회사에서 직장 생활을 하던 때의 일이다. 뭐든 잘 해내고 싶었던 나는 업무에도 빨리 적응하려는 노력을 하고 있었고, 덕분에 많은 일들을 한꺼번에 떠안고 있는 상태였다. 다른 업무들이 하나씩 결과를 보이는 것과 다르게 그중 한 업무는 경험도 없고, 생소한 부분이라 어떻게 처리해야 할지 몰라 계속 헤매고 있었다. 상사에게 도움을 청했지만 소용없었다. 상사도 잘 모르는 영역이라며 한 번 스스로 답을 구해보라는 대답만 할 뿐, 그 외의 피드백은 얻을 수 없었다. 빠른 시일 내로 처리해야 하는 급한 업무였음에도 불구하고 마음이 조급한 건 오직 나뿐이었다. 게다가 당시내가 소속된 부서의 부장님은 개인사로 인해 정신이 없어 업무를꼼꼼히 돌볼 여유가 없었다. 나는 그야말로 방치 상태였다.

그렇게 손도 대지 못하며 시간만 허비하던 차에 회사와 연관되어 있는 업체의 임원 한 분께 현재 내가 처한 상황을 이야기하게 되었다. 그분은 내게 "하늘 씨, 일단 최대한 해봐요. 정 안 되면 제가 해결할 방법을 한 번 찾아볼게요"라며 호의적인 의사를 내비쳤다. 연관업체 임원의 말씀은 지금 당장 알아봐 주겠다는 얘기가 아니었다. 그 당시 처한 내 상황이 안타깝게 보여서 여력이 된다면 돕고 싶다는 정도였을 뿐, 그 이상이 아니라는 걸 알고 있었다. 하지만 내가 처했던 상황을 두고 그렇게 얘기해줬던 사람은 그분이 유일무이했기에 나도 모르게 해결방안을 찾아줄 거란 기대를 하고 있었다.

막막하기만 했던 업무의 진전은 전혀 없었다. 그렇게 업무 처리 데드라인만 임박해오고 있을 때 나는 인사발령이 나서 다른 부서로 옮기게 되었다. 내가 있던 자리를 맡게 된 담당자는 당연히 난리가 났다. 마감 기한이 코앞까지 다가온 업무를 어떻게 해결하면 좋을지 물어왔지만 도움을 줄 수 있는 게 하나도 없었다. 결국 상황은 점점 악화되며 소속 부서장님까지 나에게 "도대체 이게 어떻게 된 겁니까?"라며 다그쳤다. 궁지에 몰린 나는 눈앞이 하얘져서 순간 말문이 턱, 하고 막혔다. 그러다가 문득, 일전에 선뜻 해결 방법을 찾아볼 거라고 말씀해주셨던 회사 연관업체 임원분이 떠올랐다. 순간 "관련 업체 임원분께서 해결해주시겠다고 약속해주셔서 답변을 기다리고 있습니다"라고 나도 모르게 대답해버렸다.

당장의 상황을 모면하기 위해 뱉어버린 그 말은 큰 파장을 가져왔다. 내 자리를 맡게 된 담당자와 소속 부서장님까지 그분에게 연락해 어떻게 됐는지 물어보는 상황이 벌어졌고, 얼마 지나지 않아 그분께서 난감해졌다는 이야기를 전해 듣게 되었다. 그렇게 나는 회사에서 업무 하나 제때 처리하지 못하는 민폐 캐릭터가 되었으며, 내게 호의를 베풀려던 분은 책임을 전가해 곤란하게 만든 괘씸한 인간이 되어버렸다.

이러한 상황에서 내가 할 수 있는 일은 그저 자책하는 것뿐이었다. 죽고 싶을 만큼 내가 싫었다. 한심하고 무능한데 나 살자고 도와주려던 분을 곤경에 처하게 한 내가 대체 앞으로 어떻게 살아가야 할지 눈앞이 캄캄해졌다. 이 생각은 하루 이틀에서 멈추지 않았다. 매일 밤마다 떠올랐고 꿈에서도 악몽 같은 그 상황이 반복됐다. 침대에 누워 이불을 푹 덮고 '대체 왜 그랬을까?'를 되뇌며 끙끙 앓다가 간신히 잠에 들곤 했다. 출근하면 사람들의 시선이 두려웠다. 다들 나를 죄인 쳐다보듯 하는 것 같아 눈을 마주치기도 힘들었다. 그 사건 이후로 일과 관련해 내 의견을 내는 것도 두려워 결국 입을 꾹 닫게 되었다. 정말 회사에서 쓸모없는 사람이 된 것 같은 기분이었다.

결국, 얼마 지나지 않아 사직서를 썼다. 회사를 그만두고 나면 마음이 한결 편해질 거라 생각했지만 그것은 큰 오산이었다. 그때 이후로 나는 이미 좌절이라는 깊은 바다에 빠져 계속 허우적대다 조금씩, 조금씩 가라앉고 있었다. 하루도 빼놓지 않고 그 일이 떠올랐다. 그리고 이 생각은 그동안 내가 살아오면서 잘못했던 다른 일들까지 끄집어내 나를 수시로 괴롭혔다. 내 삶은 정체되어 버렸다. 그렇게 멈춘 채로 상당 기간을 보냈다. 쉽사리 새로운 일에 도전하지 못했으며, 여전히 지난날 실수를 저지른 내 모습에서 벗어나지 못한 채 허우적댈 뿐이었다. 하지만 이렇게만 지낼 수는 없는 노릇이었다. 결국 다시 일을 해야만 하는 상황이 와버렸고, 새로운 직장에 나가게 되었다. 첫 출근하기 전날, '앞으로 절대로 이전과 같은 실수를 되풀이하지 말자'고 다짐하고 또 다짐했다. 이전에 잘못했던 나를 오롯이 인정했다. 그리고 같은 실수를 저지르지 않도록 나를 고치고 더 발전해 나가자는 결심을 굳혔다.

그렇게 새로운 직장에서 첫 시작을 했다. 업무를 맡으면 항상 적극적으로 임했다. 만약 문제가 생겨도 도망치거나 모른 체하지 않았다. 이 문제를 어떻게 해결해야 할지 고민하고 적극적으로 도움을 청하며 일을 처리했다. 어느새 회사에서도 조금씩 인정받기 시작했다. 하지만 여전히 딱 한 가지, 마음의 짐이 나를 짓누르고 있었다. 이전 직장에서 내가 민폐를 끼친 업체 임원분이 자꾸만 생각났다. 한참을 고민하고 망설이다가 큰 용기를 내어 그분께 전화를 드렸다. 밝은 목소리로 안부를 묻는 임원분의 목소리에 순간 울컥했지만 다시 한 번 마음을 가다듬고 진심을 담아 사과를 드렸다.

"제가 그때 너무 미숙하게 행동했어요. 좋은 마음을 베풀어주셨는데 오히려 책임을 전가하고 곤경에 처하게 해드려서 죄송합니다. 그때 제 행동을 진심으로 사과드릴게요."

임원분께서는 밝은 목소리로 대답해주셨다.

"아이고, 지난 일인 걸요. 별거 아니에요. 살다 보면 생길 수 있는 일이지요. 저는 전혀 마음에 담아두지 않고 있었는데, 이렇게 전화까지 주시고 마음 써줘서 정말 고마워요."

그날 이후로 나는 드디어 나의 못난 과거에서 벗어날 수 있었다. 그제야 온전히 현재에 집중할 수 있게 된 것이다. 업체 임원분께 전화를 드렸을 때, 너무나 밝은 목소리로 개의치 말라 말씀해주신 덕분에, 어쩌면 지난 그 일은 내가 생각했던 것만큼 큰 잘못이 아니었을지도 모른다는 생각까지 들었다.

꽤 긴 시간 직장인으로 일하며 다양한 사람들과 어우러져 살다 보니 느끼게 된 점이 있다. 사람들은 우리가 생각하는 것보다 타인에게 큰 관심이 없다는 거다. 내 잘못에 대한 체감은 스스로가 가장 크게 느낀다. 내가 업체 임원분께 전화를 걸어 사과드린 건 진심으로 그분께 저지른 행동을 용서받고자 한 거지만, 사실은 오랫동안 나를 짓눌렀던 잘못을 반성하고, 나 자신을 용서하기 위한, 내게 꼭 필요한 과정이었던 것이다.

못난 나를 용서한다는 건 정말 어렵고 힘든 일이었다. 혼자 괴로워한다고 해서 해결되는 건 아무것도 없었다. 캄캄한 방에 누워 가슴에 손을 대고 '나를 용서하자. 앞으로는 그러지 말자'고 되뇌어도 전혀 나아지지 않았다. 지난날의 나를 용서하고 놓아주는 건, 새로운 일을 곧잘 해 나가며 이전의 나보다 훨씬 나아졌다는 확신이 들고 나서야 가능했다. 그때 비로소 깨달았다. 과거에 내가 잘못했던 경험은 나를 더 나은 사람으로 한 발짝 성장하게 하는 담금질이라는 것을 말이다.

사람은 살면서 누구나 실수한다. 당연한 거다. 단, 실수한 후 '나는 정말 나쁜 사람이야'라고 자책하고 힘들어하며 거기에 머물러 있는 건 결국 내 감정을 소모하는 시간 낭비에 지나지 않는다. 반성은 꼭 필요한 과정이지만, 질책을 반복하고 벗어나지 못한다면 결코 발전할 수 없다. 이제부터 실수했을 땐 잘못을 제대로 인정하는 것부터 해보자. 인정하지 않고 실수를 회피한다면 내 마음속 실수는 내 것이 아닌 게 된다. 그렇다면 실수를 극복할 방법을 찾을 수 없다. 진짜 내 잘못이라면 솔직하게 인정하고 다시는 같은 실수를 반복하지 않겠다는 굳은 다짐으로 훌훌 털고 일어나 앞으로 나아가 보도록 하자. 사람은 잘못으로부터 배우고 성장하며 나아간다는 것을 기억하자. 고의든 아니든 나로 인해 피해를 본 사람이 있다면 회한의 용서를 구하자. 남에게 잘못을 고백하고 용서를 구하는 건 바로 나를 용서하는 것과 같다. 그렇게 용서를 구한 다음에는 같은 잘못을 저지르지 말자. 그렇게 더 나은 사람이 되어가면 된다.

나를 온전하게 사랑하려면 가장 중요한 건 바로 나를 용서하는 일이다. 국가대표로 뛰는 선수들도 피나는 연습을 한다. 연습하면서 많은 실수를 하지만, 거기서 포기하지 않는 사람들은 결국 발전을 거듭해 국가대표라는 자격을 얻는다. 연습 없이 더 나은 실력을 얻을 수 없다. 우리도 마찬가지다. 실수는 경험이고 계기다. 실수하지 않으면 내가 원하는 진짜 모습이 되기 어렵다. 잊지 말자. 후회 가득한 지난날의 내 모습 또한 나의 모습이었다는 걸.

내가 저질렀던 잘못은 나의 못난 모습을 떼어내기 위한 계기라고 여기면 된다. 그다음은? 거기서 끝이다. 깨끗이 털어내면 그만이다. 후회되는 행동을 했다고 해서 자기 자신을 옥죄고 비난하며 발목을 잡지 말자.

이제, 자기 잘못을 용서하고 새로운 시작으로 곧장 가보자. 과거의 자신을 떠나보내며 이렇게 소리 질러보자.

"찌질한 모습아, 잘 가라. 아, 홀가분해!"

썩은 생각
솎아내기

썩은 과일 하나를 그대로 방치하면 주변의 싱싱한 과일들까지 모조리 썩어버린다. 과일이 부패하면 에틸렌 가스가 나오는데, 이 에틸렌이 주변 과일에도 영향을 주어 다른 과일도 썩게 만드는 거다. 이 에틸렌 가스를 에너지라고 가정한다면, 우리의 생각도 에틸렌 가스와 다를 바 없다는 생각이 든다. 부정적인 생각 하나를 방치하면 감정 전체가 부정적으로 물들기 십상이기 때문이다.

한때, 나는 주변 사람들이 나를 미워한다고 생각했다. 뭘 해도 안 되는 구제 불능에 잉여 인간이라는 생각이 항상 바탕에 깔려있었다. 이런 부정적인 생각은 내 안을 자기 혐오감과 불안감으로 물들였고, 자연스럽게 죽고 싶다는 생각으로 이어지곤 했다. 엄밀히

따지자면 이것은 내가 억지로 생각해낸 건 아니다. 무의식의 한 귀퉁이에서 스멀스멀 올라온 생각이 머릿속 전체를 채운 것이다.

생각의 부패가 진행되는 속도는 빠르고, 한 번 깊숙하게 침투하면 쉽게 도려내기가 힘들다. 썩어버린 생각은 점점 더 감정을 부정적으로 물들이며 내면 깊숙한 곳까지 침투하기 때문이다. 썩은 생각 하나를 없애버렸다고 해서 부정적인 생각이 끝나지는 않는다. 생각과 감정은 수시로 올라오기 때문에 그때마다 송두리째 도려내야 하는데, 확실히 뿌리까지 뽑아내려면 누구보다 본인의 단호하고 적극적인 노력이 필요하다.

무의식은 생각보다 훨씬 견고하다. 열심히 살을 빼서 원하던 날씬한 몸매가 되었다고 해도, 조금만 방심하면 다시 체중이 늘어 원래 두꺼웠던 몸매로 돌아가 버리는 요요현상처럼 한번 완성되었다고 끝나는 게 아니다.

이런 상황에서 우리가 할 수 있는 최선의 해결책은 바로 부단한 노력과 단호함이다.

만약 자신에게 썩은 생각이 기생하고 있다면, 더 이상 방치하지 말고 한 치 도움도 안 되는 썩어빠진 생각일랑 모두 과감하게 잘라내 버리자. 부패한 생각은 마치 감자의 싹과 같아서 계속 자라

나는데 그럴 때마다 도려내고, 또 도려내야 한다. 더 이상 싹이 보이지 않을 때까지.

썩은 생각을 없애는 데 많은 사람이 효과를 보고, 나 또한 몸소 변화를 느끼며 앞으로 평생 해야겠다고 다짐한 방법을 하나 소개하려 한다. 원하는 삶까지 도달하기 위해 마르지 않는 열정으로 행동까지 옮길 수 있게 해주는 원천은 바로 자기 확언, 일명 자기 암시다.

현재 처한 상황과 상관없이 내가 원하는 방향으로 움직이게 하는 방법 중에서 자기암시만큼 효과적인 게 없다고 해도 과언이 아니다. 자기암시는 무의식에 서서히 녹아들어 나를 진짜 그런 사람이 되게 만든다. 내가 부정적인 생각을 방치하고 내버려 두며 계속 그런 생각을 반복한다면 그것은 마치 썩은 생각을 스스로 암시하는 것과 다름없다. 무의식을 바로 잡아야 생각이 바뀌고, 행동이 바뀌고, 인생이 변한다. 무의식 속 썩은 생각일랑은 솎아내고 긍정 암시를 계속해서 집어넣자.

이 자기 확언은 속으로 되뇌기보다 직접 말로 해야 더욱 직관적인 효과를 발휘한다. 말의 힘은 엄청나다. 속으로 생각하는 것과 말로 뱉어내는 건 천지 차이다.

주위에 한숨을 달고 사는 동료가 있었다. "휴… 짜증나고 다 싫다"는 말이 자신도 모르게 입버릇처럼 흘러나왔다. 조용한 사무실 안에서 동료의 한숨 소리와 서글픈 탄식을 담은 작은 혼잣말이 수시로 들려왔다. 다른 사람들이 수군대는 걸 본인만 모르고 있는 듯했다. 나는 동료에게 별다른 말을 하지 않고, 대신 긍정적 자기 확언 말하기를 조심스레 권해보았다. 동료는 이렇게 반응했다.

"그런 거 오글거려. 어우, 생각만 해도 싫다."

동료는 내 말에 손사래 치며 질색을 할 뿐이었다.

혼자서 자기 확언을 하는 게 처음엔 익숙하지 않아 낯부끄럽고 이상하게 느껴질 수 있다. 하지만 조금 오글거리면 어떤가. 삶을 긍정적으로 변화시키는 데 나 혼자 그깟 조금 오글거리는 게 대수일까? 아무것도 하지 않으면 아무것도 일어나지 않는다.

동료를 생각하며 조언을 건네도 코웃음 치며 콧방귀도 안 뀌듯이 남을 변화시킨다는 건 어렵다 못해 불가능에 가깝다. 그러니 우선 나부터 공략하자. 남을 설득하는 것보다 훨씬 쉽다. 내가 마음만 먹으면 가능하다.

자기암시도 공부처럼 가장 중요한 게 반복이다. 부정적인 생각이 들 때마다 쳐내버리고 긍정적인 마음이 나를 포근하게 감싸도록 자기암시를 반복해보자. 뭐든 바꾸기 위해서는 반복만 한 게 없다. 그리고 가장 어려운 것도 반복이다. 하지만 고작 매일 1분 정도밖에 되지 않는 이 말 몇 마디 하는 노력으로 내 안의 썩은 생각을 조금씩 지워낼 수 있다면, 이 정도 노력은 해볼 만하지 않을까.

하루 이틀 한 달 두 달 매일 반복하다 보면 나도 모르는 새 문구가 머릿속에 각인된다. 입 밖으로 내뱉은 말에 대한 책임을 지려는 듯 무언가를 할 때마다 자기 확언 문장들이 스쳐 간다.

나는 이 자기 확언을 할 때마다 마치 처음 다짐하는 것처럼 마음이 뜨거워졌다. 내게 불가능은 없고 원하는 모든 걸 이룰 수 있을 거라는 묘한 확신이 들었다. 나도 모르는 자신감이 점점 쌓여가기 시작했다. 이렇듯 자기 확언의 효과는 내 삶 여기저기에서 불현듯 나타났다. 혼자 생각할 때도 떠올랐고, 다른 사람을 대할 때도 그러했다. 힘에 부치거나 불안한 마음이 불현듯 쓰윽, 고개를 내밀 때마다 자기 확언을 주문처럼 외웠다.

나는 나의 능력을 믿으며 어떠한 고난과 어려움도 이겨낼 수 있다.
나는 끈기 있는 사람으로 어떤 일도 포기하지 않고 끝까지 성공시킬 것이다.
내게 불가능은 없다. 내가 원하는 모든 것을 실현할 수 있다.

이 단순한 몇 문장을 마음속으로 한번 되뇔 뿐이지만, 마음을 다잡으며 재정비할 수 있었다. 배터리가 얼마 없는 핸드폰에 충전기를 꽂은 듯 앞으로 나아갈 에너지가 조금 더 채워지는 기분이었다.

직장에서 다른 사람들이 하는 일마다 사사건건 시비를 걸며 불편하게 만드는 상사가 있었다. 내게도 마찬가지였다. 왜 자꾸 꼬투리를 잡고 괴롭히는지 상사의 행동이 도무지 이해되지 않았다. 모두 그 상사를 기피했다. 그러다 문득 매일 하던 자기 확언 문구가 떠올랐다.

나는 긍정적인 사람으로 마음이 병들지 않도록 할 것이며
남을 미워하거나 시기, 질투하지 않을 것이다.
나는 다른 사람의 입장에서 생각하고
내가 아는 모든 이에게 진심을 다할 것이다.

남을 미워하지 않고 다른 사람의 입장에서 생각한다는 말을 매일 다짐하는 만큼, 나는 다시 한 번 그분의 입장에서 생각해보기로 했다. 어쩌면 남에게 별로 신경을 쓰고 싶지 않을 수도 있는데, 다른 사람 업무에 대해서 관여한다는 건 업무를 더 잘할 수 있게

도와주고 싶은 마음에서 우러나온 행동이 아니었을까? 오히려 더 꼼꼼하게 신경 써주신 데 대해 감사한 마음을 느껴야 하는 것도 같았다. 또한 업무에 있어 좀 어려운 분이긴 했지만, 인간적으로는 조언도 많이 해주고 웃으며 대해주시는 일이 많다는 걸 깨달았다.

그렇게 상사의 행동을 긍정적으로 바라보려고 노력했고, 더 예의 바르게 행동하며 감사한 마음으로 대하기 시작했다. 그러자 얼마 되지 않아 나는 까탈스러운 상사가 유일하게 부드럽게 대하며 예뻐하는 직원이 되어 있었다. 만약 예전의 나였다면 상사를 미워하며 되도록 부딪히는 일이 없게 피하기만 했을 거다. 하지만 인간관계가 어려웠던 내가 생각과 행동을 바꿔보고자 매일 했던 자기 확언은 생각을 다잡으며 더 나은 행동을 할 수 있게 만들어 주었다.

자기 확언[1]

나는 나의 능력을 믿으며
어떠한 어려움이나 고난도 이겨낼 수 있고
항상 자랑스러운 나를 만들 것이며
항상 배우는 사람으로 더 큰 사람이 될 것이다.

나는 끈기 있는 사람으로 어떤 일도 포기하지 않고
끝까지 성공시킬 것이다.

내게 불가능은 없다.
내가 원하는 모든 것을 실현할 수 있다.

나는 항상 의욕이 넘치는 사람으로
나의 행동과 언어, 표정을 밝게 할 것이다.

나는 긍정적인 사람으로 마음이 병들지 않도록 할 것이며
남을 미워하거나 시기, 질투하지 않을 것이다.

나는 다른 사람의 입장에서 생각하고
내가 아는 모든 이에게 진심을 다할 것이다.

---

1) 출처 : 나의 신조, 『긍정이 걸작을 만든다』(윤석금, 리더스북, 2009.8)

자기 확언의 효과를 몸소 느끼고 나서 나는 새로운 부분을 추가했다.

나는 직장에서 인정받고 동료들이 함께 일하고 싶어 하는 동료이다.
나는 베스트셀러 작가이고 강의를 다니며 많은 사람에게 응원과 컨설팅을 해주는 멋진 일을 하고 있다. 나는 내가 원하는 것을 다 할 수 있는 경제적 여유를 가지고 있다.

내가 그랬듯 당신도 자신이 원하는 모습을 구체적으로 작성해 자기 확언을 매일 반복해보라. 자기 확언으로 다른 사람을 바꿀 수는 없지만, 내 모습과 행동은 바꿔 나갈 수 있다. 이렇게 하루하루를 쌓아 가면 생각이 바뀌고, 상황을 바꾸고, 미래도 바꿀 수 있다.

그러나 자기 확언을 끊임없이 해도, 오랫동안 나를 따라다닌 문신처럼 새겨진 썩은 생각이 수시로 말을 걸어올 때가 있다. 이 생각들은 상황이 나빠지거나 곤경에 처했을 때 보란 듯이 나타나 나를 더 깊은 수렁 속으로 밀어 넣는다.

'다 짜증 나지? 아무것도 하기 싫고 남들은 다 쉽게 사는 거 같은데 나만 왜 이 모양인지 한탄스럽지?'

'그냥 대충 살아. 어차피 죽을 둥 살 둥 노력해봤자 재벌이 되는 것도 아니잖아?'

이런 생각이 들면, 내가 할 수 있는 건 아무것도 없는 거 같아 무기력해진다. 모든 건 이 시대, 이 세상 탓인 것만 같이 느껴진다.

'그래, 다 그만둘까?'
'이렇게 한다고 해서 성공한다는 보장도 없잖아.'

이미 숱하게 나눠왔던 대화가 익숙한 수순으로 나를 망가뜨린다. 한두 번이었던가, 이런 일들이. 그 과정을 겪으며 내가 찾아낸 기막힌 방법이 있다. 매번 같은 말을 걸어오는 썩은 생각을 향해 답을 정해 반박해보는 것이다.

'아니, 계속할 거야. 절대 포기는 안 해. 내가 원하는 삶을 살게 되는 게 바로 내 운명이거든.'

확고한 생각과 믿음을 주문처럼 외우면서 의지를 다지는 거다. 긍정적인 행동과 생각을 이끌어 내면 곧 썩은 생각도 수그러들게 된다.

'아... 진짜 살기 싫다.'

이런 생각이 들 때면 나약한 내게 단호한 말투로 대답했다.
'너를 기쁘게 하는 일이 얼마나 많은데 살기 싫다는 생각을 해!'

'잠깐이야, 이 모퉁이만 돌아가면 되는데 그걸 못 참고 포기하지 말자.'

오랫동안 지속되어 온 나와의 대화는 여전히 수시로 끊임없이 이어지고 있다. 처음엔 부정적인 생각이 꼬리에 꼬리를 물었지만, 연습을 거듭하며 내 무의식에 긍정과 나에 대한 확신, 신뢰를 부지런히 심어 넣었다. 그 결과 썩은 생각이 찾아오는 횟수가 줄고, 썩은 생각에 빠져 고민하는 시간도 줄었다. 계속 긍정의 씨를 뿌리다 보면 곧 푸른 잎이 무성한 나만의 확신의 숲이 펼쳐진다. 이 울창한 확신의 숲이 세워지면 썩은 생각은 감히 쉽게 범접하지 못한다.

썩은 생각이 또 올라오려는 조짐이 보이면 마음속으로 이렇게 말하자.

'어, 어디 한번 올라와 봐. 아주 싸그리 도려낼 테니까.'

불안을 덜어내는
'대안 소모임'

나는 걱정이 많다. 걱정이 없는 사람이 있겠냐마는, 나는 주변 사람들에게서 걱정 좀 그만하라는 핀잔을 자주 듣곤 했다.

"일어나지도 않은 일에 무슨 걱정을 그렇게 해?"

"마음을 편하게 먹어. 걱정한다고 뭐 달라지냐?"

어떤 일을 시작하거나 새로운 상황을 맞이할 때는 걱정부터 들었다. 혹시나 안 좋은 결과가 나올까봐 시작하기 전부터 두려움에 휘둘리고 만다.

'막상 시작했다가 만에 하나 안 되면 어떡하지?'

일을 시작하기도 전에 일이 안 될 수 있는 상황을 먼저 생각하고, 만나게 될 장애물부터 떠올리는 것이었다. 신중함이라고도 할 수 있지만, 그보다 정확히 걱정이라고 보는 것이 맞았다.

『유미의 세포들』이라는 드라마가 있었다. 삼십 대 초반 직장인 여성 유미의 연애와 일상을 그녀의 세포들을 통해 참신하고 재밌게 표현한 드라마로, 웹툰이 유명해져서 드라마화되었다. 유미의 머릿속 이성, 감성, 식욕, 패션 센스, 사랑 등 다양한 감정을 세포로 의인화하여 표현했다. 사랑 세포, 이성 세포, 출출 세포, 작가 세포 등 귀엽고 참신한 캐릭터의 세포들이 출현한다. 보이지 않는 마음을 감정이라는 세포로 의인화해서 표현한 것도 기발하고, 에피소드들도 재밌게 묘사돼 보는 내내 공감과 위로를 받았다.

유미가 어떤 것에 관심을 가지면 세포마을에는 소모임이란 게 생성된다. 유미가 어떤 남성에게 호감을 느끼게 되면 조용히 소모임이 생성되고 감정이 커지면 커질수록 소모임에 회원이 늘어나 북적북적 대기도 했다. 드라마를 보며 내 안의 세포마을에는 어떤 소모임들이 만들어졌을까 궁금했다. 글 쓰는 걸 좋아하니 작가 세포가 활발히 활동하고, '독서와 글쓰기 소모임'도 분명 존재할 거고, 고기를 좋아하기에 '육식 소모임'도 빠지지 않을 거다.

『유미의 세포들』을 보고 나니 내 마음에서 없어지지 않는 소모임 중에는 '걱정 패키지 소모임'이 있을 거란 생각이 들었다. 이 걱정 패키지 소모임에는 각종 걱정과 관련된 세포들이 모여 늘 정원이 꽉 차 있을 거다. 육아 세포, 업무 세포, 미래 설계 세포, 다이어트 세포, 대인 관계 세포 등 늘 걱정하는 것들이 나갈 생각을 하지 않고 제집처럼 상주해 있을 것 같다. 만약 문제 하나가 해결되어 걱정 세포 하나가 나가도 얼마 지나지 않아 다른 걱정 세포 하나를 또 들여놓아 늘 방이 꽉 차 있는 게 일상화돼 있을 것이다. 준비하던 시험에 합격하여 수험생 세포가 방을 나가면 또 다른 적응 세포가 방에 들어온다. 이제부턴 '합격 못 하면 어쩌지'가 아니라, '적응할 수 있을까'란 걱정이 새로 시작되는 것이다.

'적당한 스트레스는 오히려 건강에 좋다'는 얘기가 있다. 하지만 나의 경우, 지나친 걱정에서 비롯된 스트레스는 종종 일상을 흔들어 놓았다. 무엇보다, 걱정으로 인해 생겨난 불안은 늘 마음을 불안정한 상태로 만들었다. 걱정이 많으니 표정이 밝지 못했고, 이는 곧 대인 관계에 영향을 미치기도 했다. 사람들은 밝은 표정으로 긍정적 기운을 내뿜는 사람들을 좋아한다. 반대로 어두운 표정에 늘 걱정을 달고 사는 사람은 저절로 멀리하게 된다. 걱정은 곧 긴장감을 유발하고, 몸과 마음을 경직되게 한다. 마음이 자연스럽지 못하니 중요한 일을 그르치게 되는 상황이 종종 발생하기도 했다. 내게 가장 필요한 건 이 걱정 소모임의 방 크기를 줄이거나, 걱정을 극복하거나 대체할 수 있는 다른 소모임을 만드는 것이었다.

18개월 된 아들이 또래 아이들보다 말이 느린 것 같았다. 조바심이 생겼고, 어느새 아이에 대한 걱정이 점점 더 커지기 시작했다. 아이는 '엄마', '아빠'는 곧잘 했지만, 간혹 남편에게 엄마라고 한다거나, 나를 아빠라고 부르기도 했다. 또래의 다른 아이들은 '엄마 사랑해', '아빠 미워' 등 문장을 통해 감정 표현을 자연스럽게 했는데, 우리 아이는 '엄마'와 '아빠'에서 멈춰있는 것 같았다. 아이의 사랑스러움을 오롯이 느껴야 할 시간에 단어카드를 보여주고 연습시키는 데 더 시간을 쏟으며 자책과 걱정을 키워갔다. 그저 아이가 말을 하게 만들기 위해 끊임없이 단어를 보여주고 들려주며 연습시키는 데에 마음이 급급해졌다.

인터넷을 뒤적이며 육아카페를 방랑하거나, 내 아이의 사례와 비슷한 내용이 있는지 틈만 나면 검색했다. 다양한 글들을 훑어보며 위안을 받기도 했고, 때때로 걱정에서 벗어나기도 했다. 하지만 말이 느린 게 문제로 발전한 여러 사례를 보면 또다시 마음은 걱정과 불안으로 가득 찼다.

한번은 우리 아이와 비슷한 또래 아이를 둔, 같은 동네에 사는 엄마를 만나 차를 마셨다. 아이를 두 명 낳아서 키우느라 정신이 없을 것 같은데도 표정과 몸짓에는 여유가 넘쳐 보였다. 나는 많은 동네 엄마들을 만나며 교류하지 못하는 편이었다. 하지만 그 엄마는 나와 반대로 주변의 많은 맘들과 어울리며 육아 관련 다양한 정보들을 얻는다고 했다. 혹시나 조금이라도 도움을 받을 수 있지 않을까 싶어 '아이의 말이 좀 늦는 것 같다'고 내 걱정의 방문을 활짝 열어젖혔다. 내 고민을 들은 그 엄마는 말했다.

"아이가 18개월이면 아직은 단어 몇 개만 해도 돼요. 엄마 아빠만 해도 충분해요. 특히 남자애들은 말이 더 늦는 경우가 많다니까요. 제가 아는 엄마는 세 살이 돼도 아이가 말을 안 해서 무지 걱정했는데, 네 살 되니까 말이 어찌나 많은지 귀에서 피가 날 지경이라고 하더라고요. 아기마다 말을 하는 시기가 다 다르고 천천히 한다고 해도 아무 문제 없어요. 할 때가 되면 다 하니까 너무 걱정하지 말아요."

답변을 들으며 그동안 걱정하고 전전긍긍했던 마음이 조금씩 녹기 시작했다. 그 엄마는 이어 말했다.

"저렇게나 예쁜데 차라리 걱정할 시간에 아이랑 여기저기 놀러

다니면서 사진도 많이 찍고 이 시간을 추억으로 많이 남겨주세요. 괜히 걱정하면서 아까운 시간 다 흘려보내지 말구요. 나중에 아이가 사진 보다가 '아, 내가 아기 때 이렇게 사랑받았구나' 하고 느끼는 게 훨씬 더 의미 있지 않겠어요?"

그 말을 들으니 문득 아이에게 미안한 마음이 들었다. 아이를 걱정한답시고 가장 필요한 사랑 표현을 해주기보다 걱정스러운 마음으로만 대했다는 게 엄마로서 너무 무지한 행동처럼 느껴졌다. 다른 사람의 말 한마디에 잘못을 깨달으며 반성하기도 하고, 한편으로는 마음이 놓이는 나를 보며 참 한심하다는 생각이 들었다. 이렇게 마음이 휘둘리고 감정을 조절하지 못하는 건 엄마로서, 또 나를 위해서도 안 되는 일이었다.

그때 이후로 나는 걱정 소모임을 대체할 대안 소모임을 만드는 건 어떨까, 하는 생각을 하게 됐다. 대안 소모임은 무언가에 대해 걱정이 되면 대안으로 교체하는 것을 말한다.

나는 이 '대안 소모임'을 가장 먼저 아이 걱정에 적용했다. 그동안 아이가 말이 늦어서 했던 걱정부터 이렇게 정리했다.

통상 26~36개월까지 두 단어 이상을 붙여 말하지 못한다면 문제가 있을 수도 있다고 한다. 그때가 되어서도 또래에 비해 말이 더디다면 전문가에게 찾아가 진단해보고 언어치료를 받아도 늦지 않으니 이건 26개월이 지나면 그때 다시 생각해볼 문제다. 아이의 말을 빠르게 늘게 할 수 있는 방법에는 집에서 함께 눈을 보며 상호작용하고 말 걸어주기, 단어로 된 책 함께 읽어보기, 가족 간 대화 나누는 것을 자주 보여주기 등이 있다. 아이가 말이 늘 수 있도록 정리한 방법들을 꾸준히 함께하며 26개월이 될 때까지 기다려보면 되겠다.

이렇게 생각하니 마음이 가벼워졌다. 그날 이후로 이 방법은 나만의 걱정 없애기 매뉴얼이 되었다.

살면서 걱정을 안 할 수는 없다. 그러나 수많은 걱정으로 인해 마음이 무겁고 다른 일을 할 추진력까지 잃게 된다면 그 걱정은 도움이 되기는커녕 방해물이 될 뿐이다. 이제는 걱정이 있던 자리를 대안으로 가득 채워 넣어보자. 걱정의 방에 있는 세포들을 대안의 방으로 하나씩 옮겨보는 거다. 물론 걱정되는 상황이 닥쳤을 때 미리 마련해 놓은 대안으로 해결이 되지 않거나 문제가 다른 방향으로 흘러갈 수도 있다. 하지만 지금 당장 걱정한다고 더 나은 상황이 되는 건 아니므로 하나씩 하나씩 대안으로 바꾸는 연습을 하는 게 더 도움이 될 것이다. 그렇게 조금씩 걱정의 양을 줄여보자.

생각해 보면, 내 마음속에 걱정의 방이 만들어진 것은 항상 걱정부터 하는 내 습관에서 비롯된 것이었다. 걱정은 걱정을 낳는다. 이렇게 점점 번식해가는 걱정을 방치하면 마음 전체가 잠식되어 어디서부터 어떻게 해결해야 할지 막막해지기 마련이다. 이를 해결할 수 있는 가장 좋은 방법은 걱정부터 하는 습관을 고쳐보는 것이다. 현재 어떤 걱정들을 하고 있는지 쭉 적어보고 하나씩 들여다보면 몇 가지 쓸데없는 걱정들을 발견할 수 있는데, 이를 가차 없이 고민의 영역에서 삭제하거나, 대안점을 찾으면 쉽게 해결되는 일이다.

뭉쳐있는 근육을 풀면 개운해지듯이, 똘똘 뭉쳐있는 걱정을 하나씩 풀어보자. 생각보다 어렵지 않다. 간단한 원리다. 그동안 끙끙거리며 담아뒀던 걱정의 대안을 찾아가면 그렇게 시원할 수가 없다. 절로 마음이 안정된다. 이러한 패턴이 매뉴얼화 되면 언제부턴가 하나둘씩 문제가 해결되는 신기한 경험을 하게 될 것이다.

『유미의 세포들』에서 보면 바깥세상에서 누구도 나를 신경 쓰지 않고 알아주지 않아도 내 몸 세포들은 모두 나를 응원하고 있다. 세포들 세상의 온 중심은 나이고, 내가 세포들의 삶의 이유이다. 내 걱정세포들을 대안의 방으로 이동시키면 세포들은 나를 응원하고 휘파람을 불면서 즐겁게 이동할 지도 모른다.

이제부턴 걱정이 하나 떠오르면 걱정의 방안에서 안절부절못하는 걱정세포들을 불러 모으고 이렇게 말하자.

"자, 자, 자! 모두 대안의 방으로 이동!"

결국 이뤄내는
상상의 힘,
미래일기

"센 척하는 게 아니라 난 세."

2007년 방영됐던 SBS 드라마 『쩐의 전쟁』에 나온 대사다. 출연 배우 중 특히 내가 좋아했던 故 유채영 님이 참 찰지고 맛깔나게 이 대사를 소화했던 기억이 난다. 10년도 더 된 작품이라 극 중 어떤 상황이었는지 정확히 기억은 나지 않지만, 한참 지난 요즘까지도 간간이 패러디될 정도로 스테디한 명대사다.

만약 현실에서 누군가가 저렇게 말한다면 허세 작렬이란 소리를 들으며 비웃음당하기 쉽겠지만, 저 대사는 내 삶에서 꽤 의미 있다. 저 대사를 떠올릴 때면 정말 무엇이든 할 수 있을 것 같은 마음이 든다. 나만의 마법 주문인 셈이다. 대사처럼 내가 진짜 세다고 믿게 해주는 비법이 하나 있는데 그건 바로 미래 일기다.

나는 어떤 목표가 생기고 이루고 싶다는 간절함이 점점 커지면 반드시 미래일기를 썼다. 미래일기란 내가 원하는 목표가 이루어졌을 때의 상황과 감정을 일기로 써보는 것이다. 미래 일기를 통해 나는 타임머신을 타고 미래에 다녀올 수 있었다. 그 시간을 미리 상상으로 경험해보며 내가 느끼게 될 기쁨과 맞이하게 될 행복한 미래를 미리 만났다. 여기서 중요한 건, 내가 적은 일기 속 일이 실제로 일어난다는 가정(믿음)이다. 미래일기에 담아낸 이야기들은 '찾아올 진짜 미래'라고 봐도 무방하다. 꾸준히 미래일기를 쓰면서 노력을 동반하면 현재와 미래 사이에 조금씩 다리가 놓이기 시작한다. 신기하지만 너무나 당연하게, 시간이 지날수록 미래일기 속 세계와 노력하고 있는 나의 세계 사이의 간극이 줄어든다. 미래는 곧 나의 세계가 되어 점점 그 안으로 들어가게 된다.

공무원 시험을 보러 시험장에 갔던 날, 교실에는 10여 명이 앉아있었다. 선발 인원은 단 한 명. 이들 중 단 한 명만이 합격할 수 있었다. 그 말인즉슨 나보다 잘하는 사람이 한 명만 더 있어도 나는 불합격해 지독한 수험생활을 1년 더 하든, 다른 길을 찾든 해야 한다는 뜻이었다. 하지만 나는 그날 이상하리만치 떨리지 않았다. 다른 사람들은 무거운 공기에 더 긴장하는 듯했지만 나는 여유롭게 같은 공간에 앉아있는 다른 사람들을 천천히 둘러보며 생각했다.

'여기 있는 사람들은 다 불합격할 텐데… 조금 안타깝네.'

나는 내가 합격할 거라는 확신이 있었다. 이는 결코 근거 없는 자신감이 아니었다. 나는 시험 경쟁률을 분석해 합격 확률이 가장 높은 곳에 지원했다. 합격한 사람들의 수험생활 패턴 중 가장 효율적인 걸 적용했고, 기출문제를 무한 반복해 비슷한 유형은 빠르게 풀 정도의 수준을 갖추어 놓았다. 그리고 미래일기를 쓰며 합격을 수없이 연습한, 그야말로 이 시험에 합격할 만반의 준비를 갖춘 상태였다. 그동안 쌓아온 모든 것을 쏟아부어 미래를 현실로 만들 시험 날이었기에, 한켠의 불안감을 토닥일만한 자신감이 차 있었다. 그렇게 나는 단 한 명의 합격자가 되었다.

편입 준비를 할 때도 생생한 미래일기를 썼다. 합격날짜와 학교를 정해놓고 합격 발표일의 상황을 상상하며 적어놓았다. 그리고 그 일기는 놀라울 만큼 비슷한 현실이 되었다. 자격증 시험 합격도, 임신도, 원하는 목표와 상황들까지 내가 절실히 원하는 것들을 글로 적어놓으면, 그 글들은 시간이 조금 걸리더라도 반드시 이루어졌다.

이러한 비슷한 경험을 통해 나는 생각과 말, 글은 형태는 서로 다르지만, 같은 방향을 향해 있다면 반드시 영향을 미친다는 것을 깨닫게 되었다.

대학생 시절 역학을 공부하다가 에너지 보존의 법칙[2]이란 걸 알았다. 이 법칙에 따르면 에너지는 그 형태를 바꾸거나 다른 곳으로 전달할 수 있을 뿐, 새롭게 생성되거나 사라질 수는 없다. 그렇다면 적어도 우리가 사는 세상 속에서 에너지 손실은 일어날 수가 없다는 것. 우리가 생각하거나 말로 하는 모든 에너지는 결코 사라지지 않고 어떤 식으로든 이 세상에 영향을 미친다는 걸로 해석할 수 있다.

앞에서 말한 미래일기가 바로 에너지 보존의 법칙과 비슷하게 작용하는 원리라고 할 수 있다. 생각과 말의 형태가 달라도, 성취

---

2) 1840년대에 독일의 의사이자 물리학자인 헬름홀츠(Hermann L.E. von Helmholtz, 1821-1894)에 의해 확립된 에너지 보존의 법칙은 고립계에서 에너지의 총합이 일정하다는 원리로 물리학의 바탕이 되는 법칙 중 하나다.

하고자 하는 목표를 계속 주입하면 결국 내가 원하는 방향으로 영향을 미친다는 것이다.

'생생하게 꿈꾸면 이루어진다'는 그야말로 갓성비다. 돈 한 푼 들지 않고, 육체적으로 힘든 노력이 필요한 것도 아니다. 그저 내가 정말 그렇게 될 거라는 확신을 갖고 자주 생각하며 미래일기에 꾸준히 쓰면 된다. 하면 할수록 이루었을 때를 생각하며 행복해지고, 이루어졌으면 해서 절박해진다. 그렇게 목표는 점점 더 내 것이 되어간다. 실제로 나는 이걸 통해 꽤 많은 걸 이루었고 지금도 이뤄가는 중이다.

만약 그렇게 했는데도 이루지 못했다고 해서 실망하거나 슬퍼할 필요는 없다. 대신 반드시 이루어질 거고, 다음번엔 될 거란 생각을 멈추지 말자. 인디언식 기우제를 지내면 반드시 비가 온다는 말이 있다. 그 이유가 바로 비가 올 때까지 기도하기 때문이란다. 뭔가 신통하게 하늘과 내통하는 기운이 있는가 했더니 그런 게 아니었다. 단지 비가 올 때까지 불굴의 신념으로 기우제를 지내는 것이다. 될 때까지 하면 된다. 우리의 자신감은 근거가 확실한 자신감이다. 포기하지 말고 계속 미래일기를 쓰며 확신을 갖자. 그러면 곧 원하는 미래를 맞이하게 될 것이다.

누구에게나 꼭 이루고 싶은 꿈이 적어도 하나 정도는 있다. 하지만 너무 높게만 느껴져 시도조차 할 엄두가 나지 않았다면, 지금부터 해야 할 건 무엇일까? '이게 가능할까?'라는 의문이 아니다. 바로 '그렇게 된다'고 생각하는 것이다. 그러니 지금 당장 실행하자.

방법은 복잡하지 않다. 가장 먼저 앞으로 나아갈 방향과, 훗날 성장을 통해 도착할 그곳을 또렷하게 바라보자. 다음으로 흔들리지 않는 믿음을 갖자. 이 믿음은 앞으로 노력하고 앞으로 나아가는 과정에서 아주 훌륭한 버팀목이 되어줄 것이다. 그다음에는 목표를 매일 생각하며 희열과 전율을 느껴보자. 안개가 잔뜩 낀 것처럼 자욱했던 모습이 조금씩, 아주 조금씩 명확하게 보일 것이다.

행복한 상상을 즐겨라. 내가 원하는 게 이뤄진 모습이 얼마나 멋지고, 근사할지 마음껏 생각하면 그걸로 충분하다.

상상하는 대로 이룰 수 있다는 말은 마치 꿈같은 이야기 같기도 하다. 그러나 이건 마법도, 미신도, 초능력도 아니다. 상상과 현실 사이를 노력으로 채워나갈 당신이 있기에 가능한 일이다. 자신이 논리적, 합리적이라고 자부하며 확실한 것만 믿는다면 더 좋다. 이게 바로 정확한 과학이고, 세상의 진리이며, 법칙이다. 자신을 믿고 나아간다면 당신이 꿈꾸는 미래는 곧 오늘이 될 것이다.

꿈이 꿈으로 끝나지 않도록, 끊임없이 미래를 그려가다 보면 오늘 내가 무엇을 해야 할지 정확히 알 수 있다. 그렇게 오늘의 일에 최선을 다하면서 미래에 한 걸음씩 다가가는 연습으로 내가 믿는 그대로의 '미래의 나'를 만날 수 있다. 당신의 미래는 그냥 흘러가는 대로 살아지는 것이 아니다. 하나부터 열까지 스스로 만들어가는 것이다.

지금 당장 노트를 펼치고 미래일기를 써 내려가 보자. 내가 하면 되는 것처럼 분명 당신도 하면 된다.

누군가 그게 진짜 될 거 같냐고 묻는다면 당연하다는 듯 대답하자.

"내가 원하는 대로 될 거야. 왜냐면 그렇게 될 거니까."

마음이 불안할 땐
몸을 더 건강하게

마음이 힘들 때 몸을 더 건강하게 만들어야 하는 이유는 명확하다. 마음이 불안한데 몸까지 상하면 마음의 회복도 더딜 뿐만 아니라 삶 전체가 엉망진창이란 느낌이 들 수 있기 때문이다.

　나이만으로도 반짝반짝 빛나는 20대, 그 싱그러워야 하는 시절 중 많은 시간을 나는 살과의 전쟁으로 보내야만 했다. 흑백처럼 기억되는 그 시절을 생각하면 지금도 그때의 내가 안타깝다.
　재수생 시절, 극심한 스트레스로 인해 폭식증에 시달린 적이 있다. 공부가 잘 안 되거나 하기 싫으면 일단 먹었다. 다 먹고살자고 하는 일이라는 생각에 잔뜩 먹는 시간만큼은 면죄부를 받는 것만 같았다. 스트레스를 받으면 다른 해결 방법을 찾지 않고 그저 먹는 걸로 풀었다. 자극적인 게 필요했기에 주로 매운 음식을 찾곤 했다. 매운 음식을 먹을 때마다 잠시나마 스트레스가 풀리는 것 같아 언제부턴가 매운 음식을 나만의 힐링 음식이라 치부했다. 메인으로 매운 떡볶이를 먹은 다음 즐기는 마무리 디저트 바닐라 아이스크림은 내가 가장 선호하는 코스였다. 매운 걸 먹고 난 후 입안 가득 집어넣는 바닐라 아이스크림은 참 부드럽고 달콤했지만, 나의 기대와 달리 내 위장까지 부드럽게 해주진 않았다. 늘 속이 쓰렸고 배에 가스가 찼으며 계속 살이 쪘다. 공부에 지장이 가는 건 당연한 일이었다.

음식을 잔뜩 먹고 배가 부르면 갑갑한 현실이 더욱 끔찍하게 돌아왔다. 아까보다 조금 더 한심한 나와 대면하게 되었고 그런 내가 더욱 서럽고 비참하게 느껴졌다. 거울 앞에 서는 건 더욱더 지옥이었다. 날이 갈수록 비대해지는 몸과, 전혀 매력적이지 않은 20대인 내 모습을 보면 그저 한숨만 나올 뿐이었다. 한바탕 먹은 후에 갑갑한 현실과 대면하는 것처럼, 거울에 비친 내 모습이 참 한심해 보였다. 앞이 보이지 않는 현실을 애서 모른 체하듯, 점점 살쪄 가는 내 모습도 돌보지 않고 방치할 뿐이었다.

점점 몸과 마음이 망가져 가고 있다는 걸 절실히 느끼고 있었지만, 폭식을 멈출 수가 없었다. 힘든 마음을 위로할 다른 방법을 몰랐고 먹는 것만이 유일한 즐거움이자 나를 위한 행위이기 때문이었다.

당시 나는 내 몸을, 그저 끌고 다니기 버거운 몸뚱이로만 여겼다. 많이 먹어도 살이 찌지 않는 사람들이 너무 부러웠고 먹기만 하면 살로 가는 내 몸이 원망스러웠다. '해결해보자', '노력하자' 이런 발전적인 생각은 공부에 대한 스트레스로 지쳐버린 허약한 마음에서 우러나오기엔 어려웠다. 그래서인지 몰라도 재수 성과는 좋지 못했다. 1년이나 되는 금쪽같은 시간을 쏟아부었지만, 원하는 곳에 합격하지 못한 건 물론이고, 무엇보다 하루하루가 너무 고통스러웠다. 다신 수험생 생활은 하지 않으리라 다짐했다.

그로부터 몇 년 후, 나는 편입을 결심하고 다시 수험생의 신분으로 돌아갔다. 재수생 때의 끔찍한 기억이 있었기에 결심했다. 이번 수험생활은 절대 마음이 지옥인 채로 고통스럽게 보내지 않겠다고.

먼저 몸 관리를 잘해야 공부를 할 수 있을 것 같다는 생각이 들어 학원등록과 함께 운동을 시작했다. 하지만 수험생의 목표는 합격이 아닌가? 운동하느라 공부 시간이 줄어들어 내 목표에 지장을 주면 안 되기에 헬스장이나 체육관에 오가는 대신 집에서 할 수 있는 운동을 택했다. 지금이야 유튜브에 홈 트레이닝을 치면 할 수 있는 운동이 수없이 쏟아져 나오지만, 당시에는 그런 게 보편적이지 않았다. 내가 했던 건 에어보드 위를 뛰는 점핑운동이었다. 인터넷에서 에어보드 하나를 구매했고 학원에 다녀온 뒤 운동을 했다. 운동을 하면서 단어를 외우기도 했고 혹은 머리를 비우고 쉰다는 개념으로 좋아하는 애니메이션을 보기도 했다. 처음엔 운동이 익숙하지 않아 점프를 100번만 하고 내려오기도 했지만, 꾸준히 하다 보니 언제부턴가 집에 와서 운동하는 시간이 기다려졌다. 재수생 때 먹는 게 유일한 위로였다면, 편입 공부 시절엔 운동이 나를 위한 유일한 보상인 셈이었다.

운동을 해서 얻은 건 단순한 다이어트 효과가 아니었다. 수험생이란 신분에서 오는 불안하고 힘든 마음이 다잡아졌고, 건강한 몸덕분에 머리가 맑아져 공부에 더 집중할 수 있게 된 건 명백한 사실이었다. 집에서 점핑보드를 뛴다는 건 사실 그렇게 어렵거나 복잡한 일이 아니었지만, 그로 인한 결과는 기대 이상으로 상당히 만족스러웠다. 지금까지 내 인생 중 가장 날씬하고 가벼운 몸이었던 시기였다. 같은 수험생 신분인 재수, 삼수 시절이 흑백으로 기억되는 것과 달리 학원을 날라다니며 열정을 불 싸지르던 내 모습이 활력 넘치는 컬러풀한 기억으로 남아있다.

그 이후부터 나는 마음이 괴롭거나 살아가기가 버겁다고 느껴져 답답해질 때면 운동을 시작했다. 운동이 삶의 기틀을 바로잡고 불안감을 해소시켜 줄 현 상황의 돌파구가 될 수 있다는 걸 경험으로 알고 있기 때문이다.

몸을 다스리는 것이 얼마나 중요한 것인지는 나이를 먹어갈수록 더 크게 느끼고 있다. 흔히들 40대가 넘어가면 살을 빼거나 미용을 위한 운동이 아닌, 살기 위한 운동을 한다고 하는데 어느새 나도 이 말을 체감하고 있다. 또 하나, 우리 몸은 한 덩어리로 균형을 이루고 있다는 사실도 운동을 하며 크게 와 닿았다. 육체의 건강과 정신의 건강도 물론 그렇다. '건강한 육체에 건강한 정신'이라는 진부한 슬로건은 어쨌든 맞는 말이다. 몸이 아프면 도전이란 단어는 사치일 뿐 건강 회복이 우선인 것처럼 반대로 몸이 건강하면 더욱더 생산적이고 건강한 생각을 할 수 있다. 건강한 몸과 마음을 가지고 있다면 무엇이든 할 수 있고, 도전해볼 수 있다. 반대로 둘 중 하나라도 놓친다면 그 어떤 것도 시도하기 어렵다. 그중에서도 신체적 건강이 조금 더 우선일 것이다.

스트레스를 받거나 마음이 불안하고 힘들 때 몸까지 아프면 내가 정말 최악의 상태라고 느껴진다. 다들 이런 경험이 한 번쯤은 있을 것이다. 나 자신이 완전히 망가진 상태로 지내고 있다는 좌절감 말이다. 이런 상태는 누구에게나 생길 수 있다. 하지만 기간이 길어지면 길어질수록 점점 더 절망의 수렁 속으로 빠지고 만다. 한 철학자는 '절망이야말로 죽음에 이르는 병'이라고 말했다. 몸이 무겁고 피곤하고 늘어지면 마음은 지하 깊숙이 가라앉는다.

이를 극복하는 가장 효과적이고 건설적인 방법은, 확실히 운동이다. 물건을 사거나 사람들과 교류하며 즐거움과 행복감을 느낄수도 있다. 그러나 일시적이고 돈이 들어서 그 순간이 지나면 더욱 허탈감만 느낄 수 있다. 그런 반면 운동은 하고 나도 사라지지 않는다. 내 몸속에 에너지와 체력, 자신감이 되어 운동을 하는 만큼 나와 일체가 된다. 운동이 익숙해지면 점점 몸과 마음에 자신감이 생기며 운동하는 시간도 즐거워진다. 하루가 다르게 몸이 가벼워지는 걸 느끼게 되고, 하루하루 운동을 해냈다는 성취감이 자부심이 되고, 매일 관리하는 내 몸에 대한 책임감이 생기게 된다. 축 늘어졌던 생활 패턴에서 긴장감 있게 부지런히 움직이는 나 자신을 발견할 수 있다. 나의 경우 번잡하고 어질러진 마음을 정돈하는 데에도 큰 도움을 받았다.

이제부턴 마음이 불안할 때면 몸을 더 단정하고 가볍게 만들자. 혹시 지금 마음속에 조금이라도 불안이나 초조한 마음이 있다면 당장 운동을 시작하자. 처음부터 격렬하게 몸을 쓰거나 숨이 찰 정도로 힘들게 달리는 식으로 무리하게 운동하지 않아도 된다. 가벼운 스트레칭 정도부터 시작해도 충분하다. '나는 운동을 해야 해'라는 부담감에 빠지지도 말자.

어떤 운동을 할 것인지, 어떻게 근력을 키울 것인지 아직도 고민 중이라면 유튜브에 들어가서 몇 글자만 쳐보자. 근력운동이라고만 검색해봐도 '딱 10분간 칼로리 폭파 운동', '옆구리 살 조지기', '초 간단 뱃살 파괴 운동', '짧은 근력 운동 루틴' 등 따라 해볼 영상들이 넘쳐난다. 일단 쉬워 보이는 것부터 하나씩 시도해보자. 짧은 영상 하나를 끝까지 따라 해보는 성취감을 시작으로 매일 매일 미션 수행하듯 완료해 보자. 몸보다 마음의 근육이 먼저 발달할 테니 말이다.

조금씩 몸과 마음의 근육이 발달하면 자연스레 마음 깊숙한 곳에 숨어있던 열정이 싹트는 걸 느낄 수 있다. 조금씩 나를 단련하는 시간은 나에게 그저 몸의 건강과 체력 향상만 주지 않는다. 새롭게 뭔가를 해봐야겠다는 의지를 불러일으키고, 헝클어진 마음을 다스릴 수 있는 정신력까지 안겨준다. 이렇게 운동을 통해 건강해진 몸과 마음은 내가 하고자 하는 걸 이룰 수 있도록 도와준다. 적어도 체력이 부족해 포기할 일은 없고, 올라간 자존감으로 비롯된 긍정적인 마음은 지쳐가는 나를 충전해준다.

건강한 몸을 갖기 위해 가장 먼저 해야 하는 것이 운동이라면, 두 번째는 단연 건강한 음식이다. 마음이 힘들 때 건강한 음식을 찾아서 맛있게 먹는 것도 도움이 된다. 인터넷에 나와 있는 각종 건강식을 만들어 먹는 재미를 직접 느껴 볼 수 있다면 더 좋다. 몸에 좋은 제철 재료들을 사며 계절을 느끼고, 만들고 먹는 과정을 통해 몸과 마음을 충전할 수 있다. 건강한 음식은 맛이 없다는 편견이 있는데, 마음만 먹으면 몸에 좋고 맛도 좋은 건강식 레시피를 얼마든지 찾을 수 있다. 나 역시 내가 좋아할 만한 재료들로 구성된 건강식을 영상을 보며 만들었는데 맛있기까지 해 건강 음식 만드는 재미에 빠져든 적도 있다. 자주 요리를 하는 게 귀찮다면 일주일 동안 먹을 양을 한꺼번에 만들고 하루치씩 소분하여 냉장고에 넣은 다음 일주일 동안 꺼내먹는 방법도 있다. 냉장고에 내가 먹을 건강하고 맛있는 음식이 항상 준비돼 있다는 든든함 또한 삶의 활력이 될 수 있다. 만들어 먹는 일이 어렵다면 요즘 잘 나오는 각종 건강식을 주문해 냉장고에 쟁여 놓아 보자. 인스턴트 음식과 몸에 좋지 않은 음식을 피하는 것만으로도 이미 충분하다.

운동과 건강한 음식, 이 두 가지를 실행하여 바닥에 내려앉은 내 마음을 더 나아진 상태로 만들 수 있다면 해볼 만하지 않을까? 운동과 음식은 나의 정신과 바로 직통으로 연결된다. 게다가 누적되고 축적될수록 엄청난 긍정 효과를 가져다준다. 하루, 이틀, 사흘, 이렇게 매일 작은 성취감을 느끼며 습관이 되어 간다면 나도 모르는 새 이전과는 크게 달라진, 의욕적으로 목표를 향해 가는 나를 볼 수 있을 것이다.

자, 이제 마음이 괴롭거나 다부지게 마음먹고 뭔가를 해내야 한다면 먼저 건강한 음식을 만들 재료를 사러 가자. 그리고 음식을 만들며 이렇게 생각하자.

'오늘부터 운동 습관 들어간다.'

무럭무럭 자라렴
좋은 습관들아

3장

나를 일으켜주는, 습관과 선택

나를 평가하는
가장 무서운 사람

나는 자존감[3]이 매우 낮았다. 있는 그대로의 내 모습을 보여주고 싶지 않았고, 만약 사람들이 내 진짜 모습을 안다면 모두 나를 싫어할 것만 같았다. 그런 내게 선물처럼 어떤 하루가 주어진 일이 있었다.

나는 정기적으로 아르바이트를 쉼 없이 했다. 종종 파출부 인력 사무소에 연락해 일일 홀서빙 아르바이트를 하기도 했다.

그날도 어느 식당에 아르바이트를 하러 갔다. 장사가 잘되는 고 깃집이었고 나처럼 일일 아르바이트로 온 또 다른 사람도 보였다.

---

3) 스스로 품위를 지키고 자기를 존중하는 마음

그분은 나이가 지긋한 중년 여성으로 주방 일을 하러 오셨다고 했다. 그분과 제대로 된 이야기를 나눌 틈도 없이 식당은 곧 손님들로 붐볐고 나는 정신없이 홀서빙을 하고 간간이 밑반찬을 담으러 주방에 들어갔다. 주방에 갈 때면 그분은 밑반찬을 만들고 계셨는데 중간중간 깨끗이 정리하는 건 물론이고 냉장고에 있는 재료들까지 보기 좋게 정돈해놓고 계셨다. 바쁜 와중에도 그분의 태도가 좀 달라 보여, 가게의 피크타임이 지나고 아주머니와 마주 앉아 밥을 먹을 때 그분께 질문을 하나 했다.

"엄청 열심히 일하시는 거 같아요. 사장님은 카운터에만 계셔서 주방은 거의 보지도 않으실 텐데 뭘 그렇게 열심히 하세요? 게다가 오늘 하루만 하는 건데요."

그분은 부드럽게 웃으며 말씀해 주셨다.

"내가 열심히 하는 건 내가 제일 잘 알아. 남들이 '아, 저 사람 열심히 하는구나' 알아주는 거 생각하지 말고 내가 스스로 진짜 열심히 한다고 느낄 수 있으면 된 거지. 그럼 남들도 알아주겠지, 뭐. 아니면 할 수 없고."

아주머니의 이야기를 듣고 너무 부끄러워 아무 말도 나오지 않았다. 종일 몸을 많이 움직인 터라 배가 고팠던 나는 허겁지겁 된장찌개에 밥을 말아 먹고 있었는데 갑자기 숟가락을 움직일 수 없었다. 하루 일하고 돈만 받으면 그만이라는 생각을 가졌던 내가 밥 먹을 자격이 없는 사람이라고 느껴졌기 때문이다. 심장을 한 대 얻어맞은 듯한 놀라움과 반성 뒤엔 복잡한 감정과 함께 깨달음이 찾아왔다.

'지금까지 나는 가짜 모습으로 살았던 건 아닐까? 남에게 보이기 위한 행동이 과연 내 진짜 모습일까?'

내가 하는 행동을 가장 먼저 보는 사람도, 어떤 마음으로 행동했는지 가장 정확히 아는 사람도 나 자신이다. 그동안 자존감이 낮았던 이유는 나에게 떳떳하지 못하고, 오직 남에게 보여주기 위한 행동만을 한다는 점을 내가 가장 잘 알았기 때문은 아니었을까?

오후 장사가 끝난 후 사장님이 청소를 맡기고 자리를 비우셨을 때 '그래, 한번 제대로 해보자'는 생각이 들었다. 나는 청소용역업체에서 나온 것처럼 열심히 청소를 시작했다. 바닥과 가구 사이 틈에 팔이 잘 닿지 않으면 옷이 올라가 등이 훤히 보일 정도로 팔을 뻗어 청소했다. 걸레도 땟물이 나오지 않을 때까지 빨아 평소에 잘 청소하지 않아서 지저분한 식당 구석구석을 청소했다. 청소를 끝내니 알차고 열심히 일했다는 생각에 뿌듯해졌다. 끝날 시간이 다 돼 집에 가려는데 사장님이 갑자기 나를 부르시며, 일반 시급보다 조금 더 높은 시급을 쳐줄 테니 꾸준히 나와 줄 수 없겠냐고 물어보셨다. 그때가 처음으로 '누가 나를 보지 않아도 스스로 떳떳하게 노력한다면 나 자신은 물론 타인에게까지 인정받는구나!'라는 걸 깨달은 순간이었다.

영화 『신과 함께』에는 사람이 죽으면 받게 되는 7가지 재판이 나온다. 살인, 나태, 거짓, 불의, 배신, 폭력, 천륜이 그것들이다. 재판받을 때면 재판의 대상이 되는 내용이 영화처럼 재생된다. 나는 신이라고 해서 어떻게 모든 사람의 삶 전부를 다 보고 알 수 있을까 하는 의문이 들었다. 그러다 문득 어쩌면 신이 아니라 내가 직접 보고 겪은 상황을 재생시키는 건 아닐까, 하는 생각이 들었다. 내 눈으로 본 상황이 재생되기에 나 자신은 절대 속일 수 없듯이, 스스로 느끼는 죄의식을 심판받는 거라는 생각이 든 것이다.

한창 편입 공부하던 시절 들었던 유명 강사 수업은 매달 초에 한 달 동안 앉을 자리를 정했다. 그날이 되면 집중이 잘되는 앞자리를 맡기 위해 이불까지 챙겨가 새벽부터 줄을 섰던 나를 지금도 잊을 수 없다. 다시 돌아가도 그만큼 노력할 수는 없을 거란 생각이 들 정도로 최선을 다했던 그때를 떠올리면 내가 대견하고 자랑스럽다.

반면, 남들은 모를 거라고 생각하고 행동했던 부끄러운 모습들은 일상생활 중에도 수시로 떠오르며 후회와 반성으로 불편한 시간을 보내게 했다. 내 행동을 가장 속속들이 다 알고 있는 냉철한 평가자는 바로 나 자신이다. 얼마나 최선을 다했는지, 이번 시험에 나만큼 열심히 한 사람은 없다고 자부할 만큼 노력했는지, 붙지 않는 게 당연하리만치 헛되이 시간을 보냈는지 등 진정 그 결과가 나에게 합당한지는 오직 나만이 아는 것이다. 자기 자신을 평가할 때 부끄러움이 없다면 적어도 자신에 대해 혐오적인 감정을 갖고 혹여나 인생을 다시 시작하고 싶다는 등의 극단적인 생각은 들지 않는다.

이러한 생각이 든 후부터 나는 스스로를 평가할 때 부끄럼이 없도록 행동하기 위해 더욱 노력하고 있다. 그러자 나를 위한 행동이 쌓여갈수록 내가 점점 좋아지는 것을 깨달았다. 누군가에게 호감을 느끼기 시작할 때 '어? 의외네. 이런 면도 있네' 하며 관심이 가는 것처럼, 나 스스로에게 그런 감정을 느끼며 조금씩 나를 진심으로 좋아하게 됐던 것이다. 이러한 시간은 가짜 모습이 아닌 진짜 내가 되어가는 과정이었다. 자존감은 나도 모르는 사이에 조금씩 높아졌다.

내가 나를 사랑하면, 나의 빛나고 당당한 모습을 다른 사람들도 사랑할 수밖에 없다. 그러니 항상 나 스스로를 보고 있다는 것을 염두에 두자. 부끄러운 행동은 하지 말고 자신이 되고 싶은 모습으로 당당하고 멋진 자신을 만들어가자. 그렇다면 우리는 이제 자신에게, 또 남에게도 사랑받을 일만 남게 될 것이다.

열심히 노력했는데 알아주는 사람이 아무도 없다고 해도 이제는 억울해하거나 서글퍼 할 필요가 없다. 내가, 든든한 내편인 나에게 다정하게 말해주면 된다.

"이렇게 노력한 내가 대견해. 수고했어. 역시 잘할 줄 알았어."

버티다 보면 보이는
희망의 출구

때로는 정신없이 바쁘게 지내거나, 목표를 향해 무언가를 적극적으로 해나가는 것보다 가만히 그 자리에서 버티고 있는 게 더 치열하고 힘들 때가 있다.

이만큼 살아보니 사실, 인생을 살아내는 것은 곧 버티는 과정의 연속이라는 생각이 든다. 마음이 지치고 불안한 수험생 시기를 버텨내고 나면, 한숨 돌릴 틈도 없이 취업이라는 문이 기다리고 있다. 취준생이 되어 직장을 갖기까지 각고의 노력으로 마침내 취업에 성공하면 안정적인 시기가 왔다고 생각하지만, 실상은 그렇지 않다. 사회생활이야말로 진정한 버티기의 시작이다. 그렇게 우리는 힘겨운 직장생활을 나름의 방식으로 꿋꿋이 버텨나간다.

인생 제2막의 시작이라 불리는 결혼 후에도 마찬가지다. 배우자와 맞지 않을 때, 아이를 갖고 싶은데 아이가 생기지 않아 애가 타고 마음이 무너질 때, 시가 또는 처가와 갈등이 생겼을 때, 소중한 사람이 아프거나 죽었을 때 등 살아가면서 겪게 되는 다양한 고통의 순간들이 있다. 이럴 때 우리가 할 수 있는 건 그저 버티는 것뿐이다.

버티는 시간은 누구에게나 어렵다. 간신히 버티고 있는데 누가 갑자기 확 밀기라도 하는 날에는 당장 버티는 걸 그만두고, 충동적인 선택을 하고 싶은 마음이 목구멍까지 차오른다. 흔히 '그만두면 편해진다'고 하는데, 순간 참지 못하고 충동적인 선택을 했을 때 생기는 후폭풍을 감당할 수 있는지에 대해선 냉정하게 생각해봐야 한다. 더 나은 방향으로 해결이 된다면야 당장 그만두거나 다른 선택을 할 수도 있겠지만, 과연 지금이 다른 선택을 할 타이밍인지 아니면 좀 더 버텨야 할 때인지를 판단하기가 쉽지 않다. 이럴 땐 마음에 귀를 기울여야 한다. 내 안에 정답은 이미 정해져 있을 때가 많다. 당장 포기해버리는 건 이 갑갑한 현실에서 벗어나고 싶은 마음일 뿐, 대책 없는 도피라는 걸 스스로가 더 잘 알고 있다.

물론, 확실한 대안이 있다면 다른 선택을 할 수도 있다. 그러나 상황을 바꾸기 전에 지금의 선택이 충동적이거나 현실도피가 아닌지 진지하게 고민해봐야 한다. 신중하지 못한 선택은 오히려 버티지 못한 혹독한 대가를 가져올 수 있기 때문이다. 결국 상황을 바꿀 해결책을 찾지 못했다면 현재 위치에서 다만 묵묵히 버티는 것이 최선의 선택일 때가 많다.

버티는 대신 포기를 선택하면 어떻게 될까? 주변을 조금만 둘러봐도 조금 힘들어진다 싶으면 쉽게 그만두는 경우를 자주 보곤 한다. 조금만 힘을 내서 견디면 좋았을 텐데 포기하고 나서 도돌이표처럼 자꾸만 답답한 상황이 반복되는 걸 지켜보는 건 참 안타깝다. 버티지 못하고 빨리 포기하는 습관이 들어버리면 좋은 기회를 얻지 못한다. 그리고 또다시 버텨야 하는 상황이 돌아오기 마련이다. 당장 뾰족한 해결책이 있어 굳이 버틸 필요가 없다면 몰라도, 지금 처한 현실이 답답해 그저 벗어나고 싶은 마음만 앞서는 거라면 분명 얼마 지나지 않아 후회가 밀려올 가능성이 크다. 기회가 닿는 과정은 절대 순탄치 않다. 본인이 원하는 인생에 닿기까지 부지런히 그 과정을 향해 나아가려면 버티기는 필수적이다. 횡재를 바란다면 발전이 있을까? 버티지 않으면 발전이 없다. 버티고 버티다 보면 마침내 기회를 만날 수 있다.

걱정 부자, 예민 보스, 쫄보인 나와 달리 쿨내가 진동하고 씩씩해 보이는 사람들조차 가까이에서 그들의 삶을 들여다보면 모두 여러 개의 고민을 가지고 있고, 견디기 힘든 어려운 상황을 열심히 버티고 있거나, 버텨왔다는 것을 알 수 있다.

지금 우리에게 다른 대안이 없다면 일단 지금 있는 곳에서 버텨내 보자. 버티는 장소와 시간을 내가 원하는 곳에 가기 위한 도구라고 생각해보면 훨씬 쉬울 것이다. 버티기는 내가 진짜 가고 싶은 곳에 가기 위한 발판이다. 내가 원하는 것을 찾고, 이루기 위해 지금 버티는 것뿐이다. 버티는 시간을 단순히 견딘다고만 생각하는 것보다는 대안을 찾아내는 시기라고 여긴다면 더 빨리 상황을 극복해 낼 수 있다. 희망을 품고 열심히 버티고 열심히 찾자. 아무것도 하지 않으면 아무것도 찾을 수 없다. 견디면서 내가 원하는 곳에 다가가는 것, 그게 바로 버티기다.

사람들은 흔히 '살면서 가장 서러운 건, 내가 힘들다는 이야기를 들어줄 사람조차 없다는 것'이라고 한다. 사람은 사회적 동물이기에 힘든 상황을 온전히 혼자 감당해내는 건 세상에서 가장 서글픈 일이 아닐 수 없다. 이러한 상황에서 가장 좋은 방법은 '내 사람들'과 함께 하는 것이다. 직장 생활에서 힘든 시기가 찾아올 때마다 나는 그때그때의 '내 사람들'로 버텨냈다.

 이전에 다니던 직장에서 직업에 대한 회의감이 생기고 동료와
의 관계까지 원만치 않던 때가 있었다. 다음날 출근할 생각을 하
면 밤에 잠드는 것도 싫었고, 아침에 일어나면 잿빛이 된 얼굴로
출근하기 일쑤였다. 직장에서 버텨낼 힘을 직장 내에서 찾기란 쉽
지 않았다. 마음 같아선 당장 그만두고 새 길을 찾고 싶었지만, 지
금 그만둔다 해도 무얼 해야 할지 별다른 대안이 없었다. 직장을
그만둬야 할지, 억지로 다녀야 할지 고민하는 하루하루가 고통스
럽기만 했다.

 직장이 아닌 다른 곳 그 어디에서라도 살아갈 힘을 찾아야만 했
고, 우연히 주변 사람을 통해 주짓수라는 운동을 알게 됐다. 주변
사람을 따라 얼떨결에 등록하게 되었고 주짓수 체육관을 다니며
같이 운동하는 사람들과 어울리며 즐거움을 느끼기 시작했다. 그
때부터 주짓수에 다니는 시간은 내 일상 중 유일하게 재미를 느
끼는 시간이 되었다. 직장에 다니는 게 그야말로 인고의 시간이었
다면, 주짓수 체육관 사람들과 어울리는 시간은 내 숨통이 트이고
일상을 버티게 해주는 산소마스크와도 같았다. 체육관에 가서 함
께 웃으며 운동하고 함께 어울려 다닐 때면 직장 스트레스는 전
혀 생각나지 않았다. 그렇게 퇴근 후의 시간에 숨을 쉬었기에, 직

장에 가서 숨을 참으며 버티는 시간이 가능했다. 오래되거나 깊은 관계가 아니어도 함께 할 때 즐거운 '내 사람들'이 있다는 건 큰 행운이었다.

그렇게 아등바등 몇 달을 버텨냈다. 그러면서 힘든 상황을 벗어날 방법을 찾다 보니 내 경력을 바탕으로 더 나은 조건의 직장으로 옮길 기회가 생겼다. 놓칠 수 없는 기회였기에 온 힘을 다했고 드디어 이전 직장보다 훨씬 나은, 내가 더 만족할 수 있는 직장으로 이동할 수 있게 되었다. 견디기 힘들다는 생각이 들 때 그만두지 않고 버텨준 내가 정말 대견스러웠다. 만약 그때 주짓수를 다니지 않았더라면, 과연 내가 직장에서 버틸 수 있었을까 싶다.

꽤 많은 시간이 흐른 지금 다시 그때를 회상해보면, 힘들고 괴로웠던 기억과 '내 사람들' 덕분에 웃었던 기억이 섞여 있다. 분명 지나가기만을 바라던 괴로운 시기였지만 그 안에서 작은 행복을 찾으려 애쓴 덕분에 나는 좋은 추억과 함께 새로운 대안도 얻을 수 있었다.

버텨낸 경험은 결국 내게 좋은 성과를 가져다주었고 '미래는 결국 내가 만들어 간다'는 자신감도 자연스레 딸려 왔다.

다른 대안이 없다면 일단은 버텨야 한다. 버티면서 계속 더 나은 방향을 찾아야 한다. 설령 답이 나오지 않더라도 버티는 기간 자체가 경험이 되어 훗날 어떠한 도움을 가져다줄지도 모른다.

이 악물고 잘 버티다가 좋은 전환점이 생기는 때가 오면 '그래, 참 잘 견디고 버텼다'라는 대견함과 함께 나에 대한 확신과 신뢰가 두터워진다. 당장은 하루하루가 힘들게 느껴지겠지만, 버티다 보면 언젠가 때가 올 것이다. 그러니 지금부터, 잘 버티기 위한 장치부터 찾아보자. 사람이 아니어도 된다. 대단하지 않아도 된다. 예를 들면, 맛있는 점심 식사를 챙긴다거나 일하는 중간 쉬는 시간에 좋아하는 차를 한잔 챙겨 마시는 것만으로도 내일을 버텨낼 힘을 얻을 수 있다. 좋아하는 드라마를 보는 시간이 유일한 낙이 되어도 좋고, 운동을 비롯한 각종 여가 생활도 아주 든든한 버팀목이 되어줄 것이다.

묵묵히 버티며 마침내 돌파구를 찾은 때가 되어 지금의 순간을 돌이켜보면 꽤나 의미 있는 흑역사 한 편으로 기억되어 있을 것이다. 아마 미래의 나는 현재의 나에게 이렇게 얘기하고 싶어 안달이 나 있을지 모른다.

"조금만 지나면 작은 일에도 웃음이 터져 나올 만큼 평온한 시기가 찾아올 거야. 조금만 더 버텨봐."

뭘 해도 답이 나오지 않을 때 어디로 가야 할지, 이게 맞는 건지 답답하다면 우선적으로 해야 할 건 바로 버티면서 찾는 거다.

잠시 눈을 감고 나만 들을 수 있게 나지막이 읊조려보자.

"모르겠다. 일단 버티고 보자."

인생을 나락으로 이끄는
세 가지 습관

삶을 원하는 대로 이끌어 가기 위해서는 많은 노력이 필요하다. 하지만 그 못지않게 중요한 게 있다. 성취를 위한 노력이 헛되지 않도록 절대 하지 말아야 할 행동들을 기억하고 피하는 것이다.

살아오며 내가 절실히 느꼈던, 삶을 나락으로 이끄는 세 가지 습관을 말하고자 한다. 잘 몰랐기에 하고 살았던 지난 실수들은 시간을 들여 쌓아온 노력을 무너뜨리곤 했다. 내가 미리 겪고 호되게 당한 후 알려주는 만큼 당신만은 이런 실수를 하지 않길 바란다.

경고! 인생을 망치는 폭망 비법 - 과음

한번 술을 마시면 쉽사리 절제가 되지 않았다. 필름이 끊길 때까지 마신 적도 허다했다. 일명 블랙아웃이었다. 함께 술을 마셨던 사람들에게서 블랙아웃 상태에서 저지른 나의 수많은 실수 얘기를 들어보면 얼굴을 들지 못할 정도로 부끄러웠다. 술을 진탕 마시고 일어나면 전날 대체 어떤 일들이 있었는지 기억이 나질 않아 등골이 서늘한 때가 한두 번이 아니었다. 내가 너무 싫어 죽고 싶을 지경이었다.

그렇게 항상 후회했지만, 이 끔찍한 행동은 잘 고쳐지지 않았다. '이번에는 꼭 조절해야지'라고 몇 번을 다짐하며 술자리에 가도, 이내 한 잔 두 잔 마시다 보면 다음 날 기억을 잃은 채 잠에서 깼다. 나도 모르는 만취 상태의 또 다른 나는 나타날 때마다 내 삶을 이리저리 끔찍하게도 휘저어 놓곤 했다. 되돌릴 수조차 없는 수치스러운 나날이 20대를 넘어 30대까지 계속 이어지며 켜켜이 쌓여갔다. 그렇게 쌓여간 내 '만취녀' 이미지는 어느새 주위 사람들에게 각인되고야 말았다.

과음하면 항상 다음날 일에 지장을 주었다. 당연한 일이었다. 울렁거리는 속을 주체하지 못해 토하러 화장실에 들락날락하느라 정작 업무 시간에 일은 뒷전이 되어버린 날도 있었다. 그보다 더 싫은 일은 기억조차 나지 않는 내 행동들이 만들어 낸 실수 때문에 사람들에게 사과하거나 변명하고 다녀야 했다는 거다. 술자리를 함께 한 사람들이 내게 실망하는 것도 수치스럽고 슬펐지만, 이로 인해 밀려드는 자괴감의 무게는 이루 말할 수 없을 정도였다. 그렇게 술은 점점 내 삶을 붕괴시켰다.

살다 보면 다양한 이유로 술을 찾게 된다. 기쁠 때, 슬플 때, 화가 날 때, 우울할 때, 허전할 때, 딱딱한 분위기를 부드럽게 만들고자 할 때, 사람들과 친해지려 할 때... 심지어 술 마실 이유가 없다는 이유로 술을 마실 때도 있다. 직장생활을 하며 술을 잘 마시면 사회생활 잘한다는 소리를 듣곤 한다. 특히 여성의 경우 회식 때 술을 빼지 않고 분위기까지 잘 맞추면 '성격 쿨한 여성'이라는 프레임이 씌워지기도 한다. 지나서 생각해보니, 나 역시도 주변에서 이러한 평을 해주는 것에 취해 굳이 술을 더 마셔댄 것 같기도 하다.

하지만 스스로 절제할 수 없다면 그동안 말끔하고 건실했던 나의 이미지에 사망선고를 내리는 사약과 다름없다. 과음으로 인해 저지르는 실수들은 한 번 벌어지면 절대 다시 주워 담을 수 없다.

'이번엔 적당히 마셔야지'라고 생각해도 술이 조금 들어가면 평소만큼의 자제력을 발휘할 수가 없다. 더욱이 자주 필름이 끊긴 사람이라면 자신의 의지로 조절하기란 매우 어렵다. 그렇기에 조절하기가 힘들다면 애초에 첫 잔부터 들지 않아야 한다.

결혼을 하고 바로 임신을 준비했기 때문에 나는 자연스럽게 술과 멀어졌다. 좀 더 건강한 몸을 만들어야 임신도 빨리 되고 건강하게 출산할 수 있을 거라 생각했다. 그렇게 자주 마시던 술을 한 번에 끊는다는 것 자체가 쉽지는 않았지만, 명확한 이유가 생긴 이후부터는 주변에서도 딱히 권하지 않았다. 얼마 지나지 않아 임신을 했고 연년생으로 아이를 두 명 낳았다. 출산 후에도 나는 거의 술을 마시지 않는다. 가끔 맥주가 생각날 때면 무알코올 맥주를 사다가 집에서 홀짝이는 게 전부다.

술을 마시지 않으니 생각보다 장점이 많았다. 이제는 잠에서 깨도 '전날 술 먹고 또 무슨 실수를 했을까?'라며 마음 졸이지 않아도 된다. 지독한 숙취로 인해 쓰린 속을 부여잡고 약국에서 술 깨는 약을 살 일도 없어졌다. 아침에 일어나는 게 정말 힘들었는데, 이제는 맑은 정신으로 하루를 시작하는 일이 익숙하다. 덩달아 술자리로 낭비하는 돈과 시간까지 절약할 수 있게 되었다. 과음을 일삼다 보니 자연스레 생겼던 술 똥배도 사라졌다. 술에 취해 이성을 잃고 안주를 흡입할 일이 없으니 자연스레 다이어트에 방해받지 않는다. 전반적으로 삶이 참 평온해졌다.

물론 굳이 마시고 싶지 않은데도, 분위기를 맞추느라 어쩔 수 없이 술을 마시게 되는 경우도 있다. 그러나 이렇게 한두 잔씩 마시다가 자신의 주량을 초과해 술자리에서 실수하게 되면 그 책임은 온전히 술 마신 사람 탓이 된다. 술을 거절하지 않은 것도, 술을 마신 것도 자신이기 때문이다.

평소에 술을 거의 드시지 않는 시아버님은 이렇게 말씀하셨다.
"남들이 바보라 해도 안 마셔야 돼."
이 문장에 '절제'와 '용기'가 모두 들어있어 놀랐던 기억이 난다. 이런 경험이 꽤 많았던 나는 사실 아차 싶었다. 분위기를 맞추지 못해 남들에게 안 좋은 소리를 듣더라도 술로 인해 실수하지 않는 게 더 낫다는 말씀이 크게 와닿았기 때문이다. 다행히 요즘은 술로 친목을 다지거나 억지로 술을 강요하는 분위기가 아니니 거절이 크게 어려운 일은 아닐 것이다. 술자리에서 남들을 의식하기보다 '나'의 주량과 컨디션에 맞춰 즐겁게 분위기를 즐기는 정도로만 자리를 지켜도 충분하다.

거절하는 용기를 일깨워주신 아버님 말씀을 다 같이 기억해 보자.

남들이 바보라고 하는 게 무슨 상관이란 말인가? 늘 말해왔듯 나는 내가 지켜야 한다.

내 장점을 모두 덮어버리는 외침 - '욱'

사람은 각자 다양한 색깔의 장점을 갖고 있다. 활발하고, 적극적이며, 웃음이 많아 분위기를 밝게 만드는 '분위기 메이커'가 다른 사람들이 말해주는 나의 장점이다. 여기에 하나 더 보태자면 나는 때때로 진중하게 상대방의 고민을 경청하고 공감해주며 마음을 어루만지는 장점을 갖고 있다. 이렇게 많은 장점이 있음에도 불구하고, 딱 하나의 단점 때문에 장점들이 한순간에 가려져 보이지 않는 경우가 발생하곤 한다. '욱'하는 행동도 그 중 하나다.

'욱'하는 행동을 색깔로 표현하자면 검은색이다. 알록달록 다채로운 색을 가진 나의 장점들이 이 '욱'하는 행동 한 번에 마치 먹물이 튄 것처럼 진한 검은색으로 얼룩지기 때문이다.

나의 '욱'함은 표정과 말투로 표현되기도 하고 어떨 때는 짜증 섞인 큰 목소리로 표출되기도 했다. 평소엔 잘 웃고 다니다가도 한번씩 욱하는 나의 이중적인 모습을 본 주위 사람 중 몇몇은 노골적으로 거리를 두기도 했고, 모임을 할 때 나를 배제하기도 했다.

물론 화를 내야 하는 상황에서 단호하게 구는 건 현명한 행동이다. 하지만 순간의 감정을 참지 못해 큰 고민도 없이 바로 표출해버리는 건 주변 사람들에게 '제발 나를 멀리하세요!'라고 외치는 격이다. 한 번 욱하고 나면 꼭 후회가 뒤따라온다. 후회가 시작되면 나 자신이 한심하기 짝이 없고 자기혐오까지 생기며 마음이 한도 끝도 없이 묵직해진다.

욱하는 건 습관이다. 습관을 바꾸려면 엄청난 노력이 필요하다. 나 역시 잘못된 모습을 인지하고 난 후 고치기 위해 많은 노력을 했다. 덕분에 '욱'하는 구석을 꽤 많이 고치긴 했으나, 아직도 완벽하지 않다. 그래서 끊임없이 노력을 이어가는 중이다.

분노가 치밀어 오르는 순간, 바로 밖으로 꺼내지 말고 한 호흡만 쉬어보자. 잠시 부정적인 감정을 마음에 머물게 해보는 것이다. 화를 내기 전에 필요한 건 일단 멈춤과 냉정한 판단이다. 과연 지금, 이 상황에서 내가 진짜 화를 내는 게 맞는지 마음을 가라앉히고 몇 번을 생각해봐야 한다. 바로 부정적인 감정을 표출하는 게 옳은 경우는 거의 없다. 일단 멈추고 충분한 시간을 갖고 판단해보자. 화를 내는 게 옳다고 결정되면 차분하고 명확하게 의사를 전달하자. 서툴고 어리석게 욱하는 모습을 보이는 것보다 절제된 모습으로 감정을 말하는 것이 의견을 효율적으로 전달할 수

있는 것은 물론이며, 나의 이미지와 됨됨이를 지키는 길이기도
하다.

잊지 말자. 결국 욱하는 모습에 가장 크게 실망하는 사람은 그
누구도 아닌 '나'다. 그 순간을 잘 참고 현명하게 대처한 것을 자
랑스럽게 여길 사람 또한 '나'다. 그러니 내가 가진 장점들을 한순
간에 가리고, 후회로써 내 마음에 생채기까지 그어버리는 '욱'이
란 놈과 이젠 미련 없이 이별하자.

주변 사람들을 떠나게 하는 최악의 말 – 뒷담화

욕하려던 게 아니었다.
　내 입장에서는 그저, 그동안 봐온 사람이 어떤지 나름대로 판
단한 부분을 주변 사람들에게 이야기한 것뿐이었다.
　헐뜯으려던 게 아니었다.
　내가 그 사람 때문에 서운했던 걸 주변 사람들에게 이야기하
며 위로받고 싶었던 것, 그게 다였다.
　내 입장은 그랬다. 하지만 나의 행동들은 그저 뒷담화일 뿐, 그
이상도 이하도 아니었다. 정말 친하다고 생각한 이들에게 했던 말
들은 무언의 기밀 약속이 되었다고 생각했지만, 그건 정말 내 생

각일 뿐이었다. 내가 은밀하게 내뱉은 이야기들은 마치 날개라도 달린 듯 훨훨 말과 말로 전달되어 어느새 당사자 귀에 들어갔다. 이로 인해 뒷담화의 당사자는 물론이고, 평소 친하다고 생각한 이들까지 점점 내게서 멀어져갔다. 한 번은 알고 봤더니 나의 뒷담화를 들어준 사람은 당사자의 친척이었다. 그 사실을 알고 나서 눈앞이 아찔했다. 나는 그것도 모른 채 혼자 '이 사람은 내 편'이라 생각하고 신나게 좋지 않은 이야기들을 늘어놓았던 거다. 직장에 들어가 사람들 간의 관계도 제대로 파악하지 못한 채 어리숙하게 저질러 버린 이 치명적인 실수 덕에 나는 그 직장에 다니는 내내 암울한 시기를 보내야만 했다.

만약 뒷담화를 했다면, 굳이 변명 따윈 하지 말자. 대화의 주인공이 없는 자리에서 그 사람에 대한 좋지 않은 이야기를 했다면, 그건 명백한 뒷담화다. 이런 뒷담화는 돌고 돌아 결국 내게 정면으로 돌진한다. 가볍게 시작한 말이지만, 한 바퀴 빙 돌아 내게 닥치는 충격은 전혀 가볍지 않다.

생각해보자. 다른 사람에 대해 안 좋은 이야기를 잔뜩 늘어놓는 사람과 과연 누가 함께 시간을 보내고 싶을까? 타인을 향한 비난과 불평이 주된 대화 소재라면 '혹시 나에 대한 이야기도 이렇게 하지 않을까?'라는 의심이 당연히 들기 마련이다. 그리고 그런 생각은 거의 명중한다. 내게 타인의 안 좋은 점에 대해 계속해서 말하는 사람은 다른 사람에게도 쉽게 내 이야기를 하고, 평가할 사람이다.

사회생활에서 가장 명심, 또 명심해야 하는 게 바로 말조심이다. 다른 사람에 대한 이야기는 칭찬이 아닌 이상 절대 입 밖에도 꺼내지 말아야 한다. 만약 남들이 누군가의 험담을 하고 있다 해도 절대 휘말려선 안 된다. 별생각 없이 동조하며 꺼낸 말 한마디로부터 그 험담에 섞이다가 자칫 잘못하면 나도 같이 욕한 꼴이 되어 치명타를 입을 수 있다. 오히려 남들이 입을 모아 험담을 하는 순간에 절대로 남 이야기를 하지 않는 사람이 더욱 신뢰가 간다.

이런 이유로 우리는 타인을 향한 불만이 있더라도 남에게 이야기하는 것을 함구해야 한다. 사회생활을 하다보면 어쩔 수 없이 겪는 갈등과 스트레스로 누군가에게 답답한 상황을 말하고 싶을 때도 있지만, 그런 순간조차도 입에 지퍼가 달려있다고 생각하고 절대로 그 지퍼를 풀어선 안 된다. 오직 그 지퍼를 풀 수 있는 건 누군가에 대한 칭찬이나 좋은 얘기뿐이다.

영화 『기생충』에서 배우 박소담이 학력과 출신을 각본대로 속이기 위해 불렀던 '제시카 송'이 한 때 큰 화제를 불러일으켰다. '독

도는 우리 땅' 리듬에 맞춰 가사만 바꿨는데, 영화 속 재미 포인트
를 줬다.

"제시카 외동딸 일리노이 시카고. 과 선배는 김진모 그는 네 사촌."

글만 보아도 멜로디가 기억날 거다. 여기에다 도려내야 할 썩은
행동을 넣어 수시로 불러보는 건 어떨까?

"과음은 안 돼요 남 얘기는 칭찬만. 욱한다 싶으면 일단 진정해."

쉽다고
생각하면 쉽다

에너지 전문지의 취재기자로 활동한 적이 있다. 당시 나는 1년 차 신입 기자였고, 맡은 분야는 뜨거운 감자로 회자되었던 신재생에너지였다. 좋은 결과물을 만들기 위해 열의 넘치게 관련 정부기관과 협회, 업체들에 출입했다. 교육, 세미나와 공청회 등 업계의 동향을 파악할 수 있는 일이라면 모두 참석하고 다녔다.

그러던 중 국내 굴지의 대기업 임원들이 많이 자리한 세미나에 참석한 일이 있었다. 좋은 기회라고 생각한 나는 분주하게 명함과 신문을 돌리고 다녔다. 한 아저씨(참석자)와도 잠시 대화를 나누며 명함을 드렸다. 그분은 나와의 대화를 즐겁게 느끼셨는지 웃으며 명함을 건네주셨다. 거기엔 말만 하면 누구나 다 아는 대기업의 대표이사라고 쓰여 있었다.

"와! 조만간 인터뷰하러 갈게요. 그때 또 봬요."

흥분을 감추지 못한 채 다음 만남을 거듭 말씀드렸고, 그분은 미소를 지으며 알았다고 대답해주셨다.

얼마 지나지 않아 기획 기사를 실어야 하는 시즌이 찾아왔다. 기획 기사는 기업 대표나 전문가들의 인터뷰가 대부분이었다. 입지가 약한 신입 기자들은 주로 신생 업체 발굴에 초점을 맞추기 마련인데, 나는 영세기업 소개보다는 좀 더 유용한 기사를 전달하고 싶다는 사명감이 들었다. 그때, 명함을 건네주셨던 대기업 대표님이 생각났다. 나는 회의 시간에 의기양양하게 대기업 CEO 특집 기사를 내겠다고 취재계획을 밝혔다. 선배들은 에너지 전문지 신입 기자에게 인터뷰해 줄 대기업 대표는 없을 거라며 허튼 수고 하지 말라고 일침을 가했다. 오래된 선배 기자들도 대표이사 인터뷰를 따내기란 쉽지 않은 일이라며 말렸다. 하지만 나는 세미나에서 받은 명함을 보며 생각했다. '높은 자리에 있는 분이라면 자기 말에 책임을 다할 거야. 설마 그런 분이 실없는 소리 하겠어?'

우선 나는 차분히 할 말을 정리하며 전략을 짰다. 아무리 생각해도 기업 대표라면 업계의 선두 주자라는 인식을 굳힐 수 있는 인터뷰를 마다할 이유가 없을 것 같았다. 명함에 있는 연락처로 연락해 비서에게 인터뷰를 요청했다. 일전에 만나 뵙고 인터뷰 약속을 해놓은 상태라고 설명하며 미리 정리해 둔 근거들을 내밀어 우리 신문사와 인터뷰해야만 하는 이유를 강력하게 어필했다. 연락을 줄 거라던 비서는 며칠이 지나도 연락이 없었고, 나는 다시 또 연락했다.

그렇게 수십 번의 연락 끝에 드디어 대표이사님과의 단독 인터뷰가 성사됐다. 알고 보니 그분의 인터뷰가 언론에 나온 건 굉장히 오랜만이었고 다른 신문사들도 그 대표님께 인터뷰를 여러 번 요청했으나 거절당했다고 한다. 그분과의 인터뷰를 성사시킨 건 신입 기자로서는 굉장한 성과였기에 국장님과 선배 기자들의 찬사가 쏟아졌고 나 또한 큰 성취감을 맛보게 되었다. 그 일은 내 이름이 업계에서 조금씩 알려지기 시작한 계기가 되었다.

처음부터 어렵다고 포기했다면 불가능했을 거다. 안 될 이유가 없다고 생각하고 밀어붙이니 가능했던 일이다. 나라고 왜 어려운 일이라 생각하지 않았을까? 경험이 많고 돌아가는 상황을 더 잘 아는 선배들의 상황판단이 더 정확할 것이다. 내가 한 건 해보면 될 거라고 생각하고 행동한 것뿐이다. 지레 겁부터 먹지 말자. 결국 무언가를 이룬다는 건 행동 없이는 불가능하다.

나의 장점이자 단점은 시작을 잘한다는 거다. 나는 참 감정적인 사람이다. 뭔가를 생각하고 나서 실제로 하면 좋을 거 같다는 생각이 들면 바로 시작한다. 마음이 급해져서 몇 개를 동시에 진행하기도 한다. 나의 이 감정적인 마음은 고맙게도 남들이 어려울 거라 얘기해도 '그렇게 어렵다고? 별거 아닐 거 같은데'라고 생각하며 시작하게 하는 자신감이 된다. 이런 성격이 단점이 될 수도 있다고 한 이유는 시작했다고 모두 마무리가 되는 건 아니기 때문이다. 끝이 흐지부지되기도 하고 전혀 다른 방향으로 갈 때도 있다. 그렇다고 해도 걱정만 하며 시작하지 않는 것보단 낫다.

20대의 어느 땐가 얘기다. 연예인 케어를 주로 하는 고급 에스테틱 원장님이 계셨다. 그분은 TV에 자주 나오셨다. 그날도 TV를 보다가 어느 순간 눈이 번쩍했다. 학창 시절에 손기술이 있다는 말을 들었던 게 기억이 난 것이다. 직업을 찾아 방황하던 차에 혹시 저것이 내 길인가 하는 생각이 들었다.

'저 원장님께 마사지와 바디케어 기술을 배워야겠다.'

단순하게 생각하고 행동에 옮겼다. 바로 에스테틱에 전화를 걸었고, 한 직원이 전화를 받았다. 원장님은 바쁘시고 직원은 고용할 예정이 없을 거라며 단칼에 잘라냈다. 나는 까여도 원장님한테 까여야겠다고 생각했다. 인터넷에 검색해보니 한 백화점 문화센

터에서 강의하신다는 정보가 올라와 있었다. 다행히 자리가 있어 강의를 신청했다.

당일이 되었다. 강의를 들으며 원장님의 인상에 남기 위해 각종 체험은 다 하겠다고 나섰다. 질문도 가장 많이 했다. 수업이 끝났고 원장님께 기술을 배우고 싶다고 말씀드렸다. 이력서를 가지고 찾아오라 하셨고 그렇게 나는 원장님의 에스테틱에서 일하게 되었다.

그곳에서 기술을 배우지는 않았다. 원장님은 나와 며칠 일해 보시고는 자신의 매니저 겸 전속작가 일을 맡기셨다. 전속 작가는 방송국에 대본을 작성해 넘기는 일이었다. 마사지 기술을 배우기보다 글을 쓰고 본인의 일을 돕는 게 나와 더 잘 맞는다고 판단하신 거다. 나는 그곳에서 일하며 많은 연예인을 만났다. 더불어 원장님과 함께 다니며 내가 만나기 어려운 높은 분들과 함께하는 자리를 가지기도 했다.

시작하면 뭐라도 얻는 게 있다. 시작하는 것 자체를 어렵게 생각해서 머뭇거리곤 하는데, 부담을 줄이려면 조금 쉽게 생각하는 게 도움이 된다. 그리고 막상 시작하면 '뭐야, 생각보다 괜찮네' 하는 경우도 꽤 많다. 무엇이든 시작해야 과정이 생기고 결과를 얻게 된다. 주변에서 '그건 좀 아닌 거 같은데'라고 얘기를 해도 그건 정답이 아니라 단지 다른 사람들의 의견일 뿐이다. 설사 의견을 뒷받침해주는 상대방의 경험이 있다고 해도, 참고 정도만 하자. 상대방 말에 흔들려 내린 결정으로 인해 좋지 않은 결과를 얻는다면 그건 결코 상대방의 잘못이 아니다. 오히려 상대방 말을 듣고 결정을 내린 나의 미숙함을 탓해야 할 것이다. 결정은 언제까지나 본인의 몫이자 책임이다.

어렵다고 생각하고 아무것도 하지 않으면 결국 기회는 내 것이 되지 않는다. 겪어보지도 않고 괜히 주눅들 필요는 없지 않은가? '이게 될까?' 하는 생각이 든다면 차라리 단순하게 생각해보자. 깊게 파고들어 안 되는 이유만 찾지 말고 말이다. 자신을 설득했다면 다른 사람의 의견은 참고만 하면 된다.

뭔가를 해보려고 할 때 "그건 안 될 거야"라고 누가 말한다면 수긍하며 말하자.
"응, 일단 해보고."

시작하는 모든 일들이 성과로 이어지지는 않는다. 하지만 개중에는 성과를 내고 내 삶을 변화시키는 값진 경험도 있다. 가치 있는 경험은 행동했기에 얻는 것이다. 반대로 아무것도 하지 않으면 어떤 경험도 얻을 수 없다.

'성취는 행동한 자만이 누릴 수 있는 권리다'라는 말이 있다. 쉽다고 생각하면 정말 쉽다. 그 쉬운 일에 도전해보자.

이제 해보고 싶은 일이 있다면 한쪽 입꼬리를 살짝 올리고 말하자.

"까짓것, 해보지 뭐."

끊임없이
응원 주고받기

"잘 할 수 있어. 못할 게 뭐 있어!"

"우리 한번 해보자!"

언뜻 보면 별거 아닌 것 같은 이런 말들이 가진 힘은 실로 어마어마하다. 본격적으로 시작하기 전에는 그저 망상이라고만 생각했던 마음속의 목표를 현실로 끌어내 '진짜'로 만들어내는 강력한 힘을 품고 있기 때문이다.

그동안 내가 성과를 이뤘던 모든 경험을 돌이켜 보면, 결코 나 혼자 해낸 것은 없었다. 항상 주위 사람들이 응원해줬고, 내가 고민하는 일에 대해 진심 어린 피드백을 해줄 때마다 나는 추진력을 가지고 더욱더 앞으로 전력 질주할 수 있었다.

편입공부를 할 때도 그랬다. 외우고 외워도 며칠이 지나면 또 잊어버리는 영단어 외우기 때문에 마음고생을 심하게 했다. 도무지 끝이 보이지 않았고 내가 과연 이 어마어마한 양의 영단어를 다 외울 수 있는 건지 의문이 들었다. 하루하루 더해가는 압박감과 걱정에 혼자 전전긍긍하다가 하루는 학원 조교 선생님을 찾아가 조언을 구했다.

"영단어를 아무리 열심히 외워도 돌아서면 잊어버려요. 저는 영어 공부가 애초부터 안 되는 사람은 아닐까요?"

선생님께서는 마치 내 심정을 이해하는 듯한 표정으로 고개를 끄덕이며 조언을 해 주셨다.

"원래 인간은 망각의 동물이라 시간이 지나면 잊어버리는 게 당연한 거야. 우선 익숙하게 만드는 게 중요해. 그러니까 잊어버리는 거 상관하지 말고 일단 한번 훑어봐. 조금씩 익숙해지면 그다음은 계속 다시 보면서 조금씩, 조금씩 기억의 잉크를 덧칠하는 거야. 누구나 다 똑같아. 선생님이 볼 때 넌 정말 잘 할 수 있어. 눈빛이 아주 잘할 눈빛이야."

그리고 선생님은 다른 친구들과 함께 공부하는 스터디를 추천해 주셨다. 그날 밤, 나는 거울로 내 눈빛을 한참 동안 바라보았다. 선생님의 응원 덕분인지 정말 내 눈빛이 남다르고 뭔가 해낼 사람처럼 느껴졌다. 그렇게 선생님의 조언대로 스터디까지 진행하자 무기력할 틈 없이 자신감이 장착되었다.

공무원 시험공부를 할 때는 특히 전공과목이 큰 걸림돌이었다. 호기롭게 시작했지만 늘 그렇듯 수월할 리 만무했다. 몇 개월 동안 공부해도 내 점수는 과락에 머물렀다. 시험이 두 달밖에 남지 않아 반포기 상태로 공부를 이어가며 동영상 강의를 보고 있었다. 전공과목으로 유명한 강사님은 강의 중 답답하거들랑 자신에게 연락하라는 말씀을 해주셨다. 빈말이든 아니든 간에 우선 연락드려 보자 싶어 바로 갑갑한 심정을 담은 이메일을 보냈고 정확히 이틀 후, 생각보다 빨리 답장을 받아볼 수 있었다.

"점수가 낮은 이유는 아직 개념이 잘 잡히지 않았기 때문이에요. 시중에 잘 알려진 강의 말고 잘 알려지지 않은 사이트 하나 추천해드릴게요. 제가 좀 더 쉽고 자세하게 강의한 수업이 있으니 그걸 들어보세요. 다른 과목 점수가 나쁘지 않기 때문에 남은 두 달 열심히 한다면 충분히 합격할 겁니다. 작년에도 전공 점수가 낮았던 수험생들이 합격한 사례가 많으니 포기하지 마세요."

강사님께서 알려주신 사이트에는 기초부터 배울 수 있는 전공

과목 강의가 있었고, 그 강의 덕분에 전공과목의 개념을 잡아 시험에서 합격점수를 만들 수 있었다. 강사님의 조언과 격려 덕분에 반포기 상태였던 내가 두 달 뒤 합격까지 하게 된 거나 마찬가지다.

간절할 때 주변 사람들에게 도움을 청했던 일이 결국 힘든 순간에 나를 구했다. 누군가에게 고민을 털어놓거나 조언을 구하는 일이 쉽지 않을 수도 있다. '혹시 나를 한심하게 보는 건 아닐까?', '상대에게 민폐가 아닐까?'라는 생각이 들 수 있다. 그러나, 사람들은 노력하고 애쓰는 사람이 도움을 청하면 기특하게 여기고 기꺼이 도와주고 힘이 되어주려고 하는 경우가 많았다. 혼자서 끙끙대며 답을 얻을 수 있다면 좋겠지만, 경험이 많지 않고 미숙한 내가 혼자서 해결할 수 있는 일은 실상 많지 않았다. 나는 대부분의 경우 도움을 청하고 답을 찾아 뛰어다닐 때 해결책을 구할 수 있었다. 더 빨리, 더 간절히 목표에 닿길 원한다면 조언을 구하는 일을 어렵게 생각하지 않아야 한다.

얼마 전에는 이런 일이 있었다. 유명한 작가님과 만날 기회가 있어 대화하던 중 삶의 방향성에 대한 상담을 하며 내 고민도 털어놓았다. 그날 상담을 해주셨던 작가님께서는 고민을 듣고 내 이력을 훑어보시고는 내게 책을 쓰면 좋을 것 같다고 말씀해주셨다. 솔직히 예전부터 책을 꼭 써보고 싶은 마음이 있었지만 평범한 내가 책을 쓰는 건 말도 안 되는 일이라 생각했다. 그저 '언젠간 해봐야지' 하며 나이 든 나에게 미루고만 있었다. 주변 사람들에게 말한 적도 없어 혼자 생각하며 삶의 우선순위에 두지 않았었는데, 이렇게 권유받으니 많은 생각과 감정이 교차했다.

이래저래 복잡한 심경으로 택시를 탔다. 뒷자리에 앉아 심각한 표정으로 상념에 잠겨 있는데 택시 기사님께서 선뜻 질문을 했다.

"무슨 고민 있수?"

순간 깜짝 놀랐지만, 무심한 듯 툭 던지는 택시 기사님의 질문이 반갑게 느껴지며 바로 고민을 터놓았다.

"아, 네. 저는 아이가 둘이나 있는 워킹맘인데요, 열심히 살고 있지만 예전부터 하고 싶었던 일을 해볼 생각이 없냐고 권유를 받으니 마음이 심란하네요. 책을 쓰고 싶었거든요. 출판을 하면 강연도 하고 싶었고요. 그런데 제가 이제는 미혼도 아니고 애 둘 엄마로 살면서 직장도 다니고 있으니 또다시 새로운 걸 한다는 게 쉽지 않잖아요. 두렵기도 하고요."

기사님은 생각에 잠기신 듯 잠깐동안 말이 없다가 이내 큰 목소리로 대답해주셨다.

"애도 둘이나 낳고, 애국자구먼. 결혼도 했고, 애도 낳았으니 이 제 하고 싶은 일 하면 되겠네. 하고 싶은 건 해야지!"

언뜻 듣기에는 당연한 소리 같기도 하고, 영혼이 없게 들릴 수도 있겠지만 그때 택시 기사님의 답변을 들은 순간, 내겐 마치 신이 주는 계시처럼 들렸다. 그리고 결심했다.

'그래, 하자!'

이처럼 살다 보면 때때로 전혀 생각지도 못한 곳에서 응원을 받 기도 한다.

사람이 아니어도 좋다. 어떨 때는 우리 집 강아지가 내게 힘내라 고 말해주는 것 같고 어떤 날은 길거리의 표지판이 마음에 와닿 으며 위로와 응원을 건네기도 한다.

개중에서도 가장 쉽고 빠른 방법은 바로 책이다. 나는 무슨 이슈 가 있을 때마다 내가 원하는 분야나 내게 와 닿는 제목의 책을 읽 으며 많은 동기부여를 받았다. 책을 써보니 알겠다. 한 권의 책에 는 저자가 쥐어 짜낸 땀과 가슴이 그대로 녹아있다는 것을. 그 정 성과 노력의 엄청난 결과물을 내가 온전히 취할 수 있기에 책에 는 큰 배움과 교훈이 들어있다.

응원은 받기만 할 때보다 주고받을 때 훨씬 조화롭고 오래 지속

될 수 있다.

아프리카TV가 유행할 당시였다. 일반인들이 방송을 한다는 게 신선했고 평범한 사람들의 이야기를 들으며 그들과 실시간 소통한다는 게 재밌어서 가끔 보곤 했다. 그러다 나도 방송을 해봐야겠다는 생각이 들었다.

내가 만든 방송의 제목은 '당신의 꿈을 응원해드립니다'였다. 방송에 많은 사람이 들어오진 않았다. 몇몇 사람이 가끔 들락날락거렸다. 나는 들어오는 사람마다 인사를 건넸다.

"제가 응원해드릴게요! 어떤 꿈을 가지고 계세요?"

말하지 않고 나가는 사람도 있었지만, 자신의 현재 상황과 품고 있는 소망을 세세하게 얘기해주는 사람도 있었다. 그중 처음으로 내게 고민을 털어놓은 분이 기억난다.

"경찰공무원 시험을 몇 년째 보고 있는데 계속 떨어지고 있어요. 경찰이 되고 싶은데 제가 진짜 합격할 수 있을지 모르겠어요. 시간만 버리는 거 같고, 부모님도 한심하게 보는 거 같고, 자존감도 바닥이라 너무 힘드네요. 계속 시험을 준비하는 게 맞는 걸까요?"

글로 대화를 나눴을 뿐이지만 깊은 시름과 고민을 함께 느낄 수 있었다. 나는 방송의 제목처럼 있는 힘껏 응원해줬다.

"목표가 있고 그 목표를 향해 몇 년 동안 꾸준히 노력한다는 거 자체가 대단하다고 생각해요. 저는 뭘 꾸준히 해본 적이 없고 계속 직업을 바꿨었거든요. 목표를 이루기 위해 몇 년을 한결같이 노력한다는 건 쉬운 게 아니잖아요. 게다가 불합격을 맛보면서도 포기하지 않고 도전을 이어 나갔다는 건 그만큼 중심이 확고하고 단단한 사람이란 생각이 들어요. 목표가 흐지부지하다면야 방향을 바꿔야 하겠지만 꿈이 명확하다면 오직 그 꿈을 향해서 달리는 게 답이지 않을까요? 생각보다 좀 더 멀다고 해도 걷기도 하고 달리다 보면 반드시 닿을 수 있을 거예요!"

진심을 담은 나의 응원에 그 사람은 많은 힘을 얻었다며 연거푸 고맙다고 말했다.

그 순간 나 또한 굉장한 에너지가 생기고 행복감이 밀려오는 느낌을 받았다. 고맙다는 그 사람의 인사는 '당신은 정말 필요한 존재예요'라는 또 다른 응원과 같았다.

내 응원은 상대방에게 힘을 주었고, 나 또한 누군가에게 도움이 되는 존재라는 걸 느끼게 된 순간이었다. 누군가에게 응원을 보내면 주는 것에서 끝나는 것이 아니라 오히려 내가 긍정의 에너지를 받을 수 있다는 걸 그때의 경험으로 알게 되었다.

응원은 마치 모닥불에 장작을 넣는 것과 같다. 불이 사그라질 때

쯤 다시 장작을 넣어주고 약한 불에 장작을 잔뜩 넣어 줘서 나의 모닥불이 활활 타오르게 만들어준다.

　세상이 내게 주는 응원을 기꺼이 받아들이자. 두 주먹 불끈 쥐고 눈을 지그시 감고 말하자.
　"그래. 해보자!"

　그러고 나서 남도 응원해주자. 초조해하며 풀 죽어 있는 내 옆의 또 다른 나에게도 말해주자.

　"괜찮아. 지금까지 잘 해왔고 앞으로도 잘 해낼 거잖아."

가벼운 시작이
불러오는 나비효과

무언가를 새로 시작할 때 처음부터 전력 질주할 수는 없다. 슬슬 몸을 풀며 준비운동도 하고 살짝 달리는 척 자세도 잡아보며 달리기 위한 준비를 해야 한다. 나는 그리 부지런한 사람이 아니다. 목표가 없으면 흐물흐물 문어처럼 물길이 이끄는 대로 휩쓸려 다닌다. 얼마 전까지 나는 이 물길에 몸을 맡기고 있었다.

입덧을 2년 연속한 사람이 주위에 흔치는 않을 터. 나는 첫째 임신 때부터 입덧이 심했다. 보통은 일정 기간이 되면 사라지는데 나는 정도만 줄어들 뿐 출산 전날까지 구토를 했다. 임신 기간 내내 거의 누워만 있었고, 출산 후에도 몸이 쉽게 회복되지 않았다. 이런 상황에서 출산 6개월 후 둘째를 임신했다. 계획 임신이었지만 몸

상태는 말이 아니었다. 다행히 입덧은 덜했지만, 일상생활조차 힘에 겨울 정도로 몸은 천근만근 무거워지고 쇠약해졌다. 기어다니는 첫째를 옆에 누워서 돌봐야만 했다. 다행히도 시부모님께서 첫째를 많이 돌봐주신 덕분에 그나마 쉬어가며 둘째를 출산했다.

두 아이를 임신하고 낳는 데까지 2년이란 시간이 걸렸다. 길다면 길고 짧다면 짧은 그 시기를 보낸 후 내 몸과 마음은 만신창이가 된 것만 같았다. 그렇게 한두 달이 지나갔다. 몸은 서서히 회복되었지만 마음의 회복은 훨씬 더뎠다.

'내가 다시 일을 할 수 있을까?' 하는 생각이 들었다.

복직이 다가오고 있었다. 3년간의 휴직을 끝내고 다시 일한다는 건 보통 두려운 일이 아니었다. 지친 몸과 마음에 건강한 기운을 불어넣기 위한 방편이 필요했다. 마침 한 유튜브 채널에서 작은 습관 프로젝트를 진행한다고 해서 참여했다. 하루에 작은 습관을 3개씩 실천하는 건데 아주 사소한 습관으로 정하라고 했다. 나는 세 개를 다음과 같이 정했다.

- 스트레칭 한 동작하기
- 책 2페이지 읽기
- 자기 확언 소리 내어 읽기

'그래. 이거라도 하자.'

매일 작은 습관을 실천하기 시작했다. 합쳐서 5분도 걸리지 않았지만 매일 한다는 건 결코 쉬운 게 아니었다. 매일 책을 두 페이지 읽으니 두 달 후에는 가만히 있어도 책을 읽고 싶다는 생각이 자연스레 들곤 했다. 스트레칭하기는 며칠 하다가 버피 테스트 20번으로 변경했다. 자기암시 덕분인지, 진짜 체력이 좋아졌는지는 몰라도 조금씩 운동을 더 하고 싶은 욕구가 올라왔다. 마지막으로 자기 확언을 통해 매일 1마이크로미터씩이라도 내가 원하는 사람이 되어가고 있다는 생각이 들기 시작했다.

뭐라도 꾸준히 하니 나에 대한 믿음이 쌓여갔다. 더불어 남은 육아휴직 기간을 더 효율적으로 보내고 싶은 의욕이 솟아올랐다. 집에서 육아를 하고 있기 때문에 공부할 시간이 없다는 생각에서 직장에 다니지 않기에 시간을 활용해보자는 생각으로 바뀐 것이다. 그동안 생각만 하고 제대로 공부한 적 없던 기사 자격증 필기시험에 도전해보기로 했다. 아기띠를 매고 눈높이에 맞춰 문제집을 놓고 매일 조금씩 공부하기 시작했다. 처음에는 자격증 문제집을 한두 장만 보아도 머리가 핑핑돌았다. 그러다 점점 익숙해져서 시험 전날에는 전체시험 범위를 한 번에 훑을 정도가 되었다. 그렇게 한 달 동안 공부하니 필기시험에 합격했다.

목표가 있든 없든 처음이 낯설고 걱정되는 건 어쩔 수 없다. 뭔가를 이루기엔 엄두가 나지 않을 때 우리는 별것 아닌 데에서부터 시작해야 한다. 작은 습관을 시작한 것만으로도 나에게는 나비효과처럼 커다란 변화가 생겼다. 작은 행동은 꾸준함이 더해져 자신감이 되었고, 점점 과감한 도전을 할 수 있는 의지를 불러왔다.

편입 준비를 할 때도 처음부터 온종일 공부에만 집중하지는 못했다. 학원 수업을 따라가는 것만 해도 버거웠다. 영어 수업을 두세 시간 듣다 보면 속이 울렁거렸다. 수업이 다 끝나기 전에 집으로 간 적도 한두 번이 아니었다. 수학 과목은 더 심각했다. 고등학교 때 문과를 나와 깊이 있는 공학 수학은 용어부터 어려웠다. 수업시간에 강사님의 말씀이 전혀 이해되지 않았다. 고민 끝에 현장강의와 같은 인터넷 강의를 구입했고 예습을 한 다음 학원에 갔다. 온라인 강의는 속도를 조절할 수 있어 0.9배속으로 천천히 들으며 이해가 될 때까지 듣는 게 가능했다.

공무원 시험도 제대로 마음먹고 시작한 건 아니었다. 당시 나는 수학학원 강사 아르바이트를 하고 있었다. 수업은 매일 평일 저녁에 있었다. 저녁에만 나가다 보니 낮에는 게을러졌다. 새벽에 잠들었다가 수업하러 가기 전에 겨우 일어나 집에서 나가는 게 일상이 되었다. 학원에는 나와 같은 동네에 사는 선생님도 있었는데, 그분과 대화해 보니 나와 하루 패턴이 거의 비슷했다. 우리는 낮 시간을 의미 있게 활용해 보기로 했다. 매일 아침 동네 도서관에서 만나기로 약속을 한 거다.

첫날 도서관에서 만나는 약속은 지켰지만 갑자기 생활리듬이 바뀌지 않아 종일 엎드려 잠만 잤다. 둘째 날도 셋째 날도 계속 도서관에 갔고 잠자는 시간은 차츰 줄어들었다. 그렇게 도서관에 가다 보니 책도 읽고 영상도 보며 생각하는 시간이 늘어났다. 그 시간들을 쌓아가다 보니 공무원이라는 목표가 만들어졌다. 처음엔 학원 강사를 계속하며 낮에만 도서관에서 공무원 시험 준비를 했다. 그러다가 전념하고 싶다는 생각이 들 때 아르바이트를 그만두었다.

남들이 빠르게 간다고 하면 조급한 마음이 든다. 하지만 나에게 맞지 않는 속도로 서두를 필요가 없다. 처음은 처음일 뿐이다. 자신이 받아들일 수 있는 만큼만 나아가면 된다. 엄마가 공부하라고 말하면 하기 싫어지는 경험이 있지 않은가? 잘하고 있는 자기 자신을 과하게 몰아붙여 굳이 게으른 사람으로 만들지는 말자. 오직 나만의 속도로 나아가자.

나는 어떤 일을 시작할 때 항상 해보자는 의지보다는 불안감이 훨씬 컸다. 마음은 한껏 움츠러들어 있었다. 불안감은 무언가를 조금씩 실행하면서 의지로 바뀌었다. 나는 바뀐 의지만큼만 실행 해나갔다. 힘들어 죽겠는데 무리하지 않았다. 감당이 가능한 만큼 만 한 것이다. 불안이 엷어지고 의지가 굳어지면 점점 가속도가 붙는다. 무언가를 지속한다는 건 능력치를 키워나가는 과정이다.

힘에 부치는 것을 억지로 해내기는 어렵다. 하지만 조금씩 익숙 해져 내 안에 스며들듯 능력치가 올라가, 약간의 노력만 더하는 것은 훨씬 수월하다. 그러기 위해서는 꾸준함과 시간이 필요하다. 시작할 때 머릿속에서 '완벽', '제대로'라는 단어를 지워버려라. 마지막에 그것을 이뤄내면 그만이다. 처음이 사소하다고 끝까지 하찮지는 않다. 처음이 별 볼 일 없으면 오히려 마지막에 이뤄지 는 목표가 더욱 소중하게 느껴진다.

그러니까 너무 억지로 하지는 말자. 가뜩이나 살기 힘든 세상인 데 열정을 쥐어짜지는 말자. 자신에게 무리한 열정은 강요하지 말 란 말이다. 열정이 자연스레 생길 때 그때 하면 된다. 변화하고 싶 은 마음이 들 때 가볍게 시작하자. 그거면 된다.

진정 권하고 싶다. 일단 작고 가볍게 시작하라.

누가 알겠나?

그 가벼운 시작이 가벼운 성공을 넘어 '터닝 포인트'라는 엄청
난 결과를 불러올지 말이다.

보고 또 보자

합격 수기에 담긴
보물 같은 메시지

어떤 시험을 준비하든 합격자들이 쓴 합격 수기를 보지 않는다는 건, 마치 맨몸뚱이의 애송이가 과거 무림 고수의 비법서에 남긴 비장의 한 수를 보지 않고 원수를 상대하는 것과 같다. 이놈의 원수를 한 번에 잡기 위해서는 원수를 이겨본 자들에게서 최대한 많은 정보를 알아내는 게 필요하다.

그 시험이 어떤 건지 알아볼 때부터 합격 수기를 살펴야 한다. '이 시험을 준비하는 게 맞을까?'라는 의문이 들 때 합격 수기와 불합격 수기를 보며 내가 도전할만한 시험인지 가늠해볼 수 있다. 나는 항상 시험에 도전할까 말까 결정하기 전에 합격 수기를 보며 어떻게 해야 합격하는 시험인지 감을 잡았다. 그다음 내가 해볼 만하다 싶을 때 도전했다.

 시험을 보기로 마음을 먹고 난 후부턴 본격적으로 합격 수기를 팠다. 합격생이 쓴 수험생활 후기에는 나와 비슷한 상황의 수험생들이 얼마나 준비하고, 어떤 방식으로 공부했는지 그 루틴과 과정이 온전히 녹아있다. 시험을 준비하며 어떤 어려움이 있었는지, 이를 어떻게 극복하고 개선해 나갔는지 또한 진솔하게 적혀있다.

 수십 개의 합격 수기를 보며 성공할 가능성이 가장 큰 방향으로 나의 수험생활 방향성을 설계한다면 내가 겪으며 개선해 나가야 하는 시행착오를 크게 줄일 수 있다.

 합격 수기를 보며 받는 동기부여 효과도 엄청나다. 합격 수기를 쓴다는 건 시험을 통과했다는 걸 뜻한다. 그 말인즉슨 이제 수험생들은 그들의 경쟁자가 아니라는 말이다. 애타고 초조하기만 한 수험생에 비해 합격하고 나면 마음이 한층 너그러워진다. 내가 겪었던 그 고된 과정을 지내고 있는 수험생들이 안쓰럽게 느껴지기도 하고, 내가 어떻게 합격이란 위대한 성과를 이루었는지 영웅담처럼 설파하고 싶기도 하다. 합격자는 수기에 수험생에게 당부하고 싶은 말을 적어놓기도 한다. 공부를 시작한 이상 절대 포기하지 말라는 응원과 격려가 아낌없이 들어있고, 자신이 생각하는 수험 기간에 지켜야 할 덕목들을 적어 수험생의 합격을 기원해 준다. 수기를 읽다 보면 나 또한 저 사람처럼 열심히 해 합격하리라는 의지도 절로 생겨난다. 나는 수험 기간에 공부하기 싫을 때면 합격 수기를 읽으며 다시금 열정을 불러내곤 했다.

수기의 또 다른 핵심 부분은 과목별, 수험기간별 공부 방법이다. 점수를 얻기가 어려워 집중해야 하는 과목이 무엇인지, 소위 일타 강사라고 불리는 강사는 누군지, 어떤 강의를 듣는 게 효과적인지를 알 수 있다. 시험마다 끝판왕이라 불리는 강사와 누구를 믿고 가면 되는지 등의 고급 정보가 들어있는 셈이다. 수험기간별로 공부 방법이 잘 드러나 있는 경우도 많다. 초반에 어떤 강의를 듣고 어떤 식으로 공부해야 하는지, 중반과 후반에는 무엇에 집중해야 하는지를 알려주기에 수험기간 동안 어떤 커리큘럼으로 공부를 해나가야 하는지에 대한 큰 틀을 짤 수 있다. 여러 수기를 읽다 보면 수험 준비기간의 전체적인 구성을 짜는 데 큰 도움이 된다.

그 외에 하루에 얼마나 공부했는지, 일주일에 얼마만큼의 휴식시간을 가졌는지, 운동과 수면시간은 얼마나 됐는지 등 합격을 위해 했던 부가적인 모든 내용이 들어있다. 이러한 방법 중 나에게 적용할 만한 여러 노하우와 꿀팁들을 정리해 본다면 합격이 내게 성큼성큼 다가올 것이다.

실기시험(면접)은 합격자처럼

내 수많은 꿈 중 하나는 피부관리실 원장이었다. 그래서 미용사(피부)(이하 피부관리사) 국가자격증에 도전했었다. 피부관리사 자격증 시험은 절대평가이고 상시로 있기 때문에 취득하기 어려운 자격증이 아닐지 모른다. 하지만 어떤 국가 자격증도 만만하게 설렁설렁 공부한다면 한 번에 붙기란 쉽지 않다. 심지어 많은 사람이 보는 운전면허 시험도 공부를 안 하고 치르면 떨어질 수 있다.

 피부관리사 자격증을 취득하기 위해 학원에 다녔다. 한 반은 10여 명이었고 중국에서 온 조선족들과 50대 이상의 나이가 많은 분들도 계셨다. 가르쳐주시는 강사분은 필기시험은 거의 다 한 번에 붙는다고 우리를 안심시켜 주었다. 나이가 많은 분들과 우리나라 말이 조금은 서툰 중국 동포분도 한 번에 붙는 시험이란 말에 나는 어리석게도 자만하고 말았다. 학원에서 수업 시간에 가르쳐 주는 것만 대충 듣고 복습이나 시험공부는 따로 하지 않았다. 결국 우리 반에서 필기시험에 떨어진 건 나와 다른 한 사람뿐이었다. 필기시험에 떨어지고 나니 학원 사람들 볼 낯이 서지 않았고, 실기 준비를 하는 다른 분들과 진도가 맞지 않게 되었다. 어려운 시험도 아니었는데, 피부관리사 시험을 준비하며 공부하지 않았던 걸 이렇게 후회하고 창피해 하게 될 줄 몰랐었다. 그나마 시험이 상시로 있었기에 나는 바로 다음 필기시험을 열심히 준비해 합격했다.

그래서였을까. 실기시험에 임하는 내 마음가짐이 크게 달라져 있었다. 반드시 한 번에 합격하겠다는 생각이 든 것이다. 마음을 먹게 되자 평소 수업에 적극적으로 임하며 복습을 하는 것은 물론이고 합격 후기를 뒤지기 시작했다. 실기장의 분위기를 전혀 알지 못했기에 후기를 보며 실기장의 분위기, 평가단들이 주의 깊게 보는 부분, 응시생들이 자주 하게 되는 실수 등을 낱낱이 파악했다. 실기시험은 사람이 평가하기 때문에 보이는 부분이 매우 중요하다는 것도 알게 되었다. 나는 다른 수강생들과 같은 달에 시험을 보고 싶어 무리하게 실기시험 일정을 잡았다. 시험날짜까지 시간이 빠듯해 연습을 많이 하지 못했지만, 합격 수기에서 보았던 많은 합격 꿀팁들을 장착하고 시험장으로 가니 합격할 수 있을 것만 같았다.

실기시험 장소에 제일 먼저 도착해 충분히 숙지하지 못해서 헷갈리던 부분을 주문처럼 외우며 시험 준비를 했다. 응시자들은 위생복이라고 불리는 가운을 입게 되는데, 이 가운을 반듯하게 다려 입었고 흰색 실내화는 깨끗하게 보이려고 새 걸로 준비했다. 머리를 최대한 깔끔하게 묶기 위해 수십 개의 실핀을 꽂았고, 머리카락 한 올도 내려오지 않도록 초강력 스프레이로 고정했다. 평가단들에게 보이는 갑 티슈도 흰색 시트지로 깔끔하게 감싸고 수건도 최대한 깨끗한 걸로 꺼내 놓았다. 시험에 사용하는 재료들이 단정히 정렬되도록 중간중간 정리해주었으며, 재료 도구들도 한 방향으로 정렬되도록 계속 신경을 썼다. 시험장에 나만큼 준비해 온 응시생은 몇 명 보이지 않았다.

하지만 연습이 부족했던 탓일까? 시험을 보는 내내 많은 실수를 하게 됐고, 시험이 끝나고부터 합격자 발표 날까지 합격할 수 있을지 불안에 떨어야 했다. 드디어 합격자 발표 날, 60점이 합격점인데 가까스로 62점에 합격했다. 학원 강사님께 듣기로는 반에서 실기에 단 3명만이 통과했다고 했다. 어느 부분에서 점수가 깎이고 어디에서 점수를 얻었는지 알 수는 없다. 하지만 실수투성이였음에도 합격할 수 있었던 이유는 꼭 붙고 싶다는 마음으로 최대한 성의를 보이려고 노력했기 때문이 아닌가 싶다.

사람이 결정하는 시험이나 면접에는 합격 수기에 합격할 수 있는 많은 정보가 담겨있다. 현장의 분위기와 합격 노하우를 담은 수기를 미리 보고 적용한다면 안 보고 가는 것과 엄청난 차이가 나는 건 당연지사다. 수기를 통해 알아낸 정보들로 무장하고 누가 봐도 합격할 것 같은 포스로 평가원 앞에 서라. 스스로 마음속에 커져 있는 자신감은 덤이다.

군이 제대로 준비하지 않고 시험을 치러서 내 마음에 지옥을 경험시킬 필요가 있을까? 합격자들이 전해주는 귀한 정보, 합격 수기로 최대한 많은 합격 비법을 모으고 모아서 내게 장착하고 가자. 우리의 목표는 한 번에 붙는 거다.

되는 곳에 베팅하는
전략적 선택

공부를 잘하지 못했지만 좋은 대학에 가고 싶었다. 고등학교 때까지 공부를 잘해본 적이 없다. 친구들도 나를 공부는 잘하지 못하지만 활발한 친구 정도로 기억할 거다. 공부를 안 해서 못 한 게 아니다. 독서실도 다녔고, 시험 기간에 새벽까지 공부한 적도 있다. 하지만 점수가 낮았을 뿐이다. 공부를 잘하는 사람들은 강박증이 있어서 그날 완벽하게 목표 분량을 끝내야 잠이 온다는데, 나는 공부를 안 해도 마음만 불편할 뿐 잠은 잘 왔다.

지금도 여전히 나는 남들과 비슷한, 아니 사실 조금은 떨어지는 두뇌를 가지고 있다고 생각한다. 공부도 재능이라는데 내 재능은 영 공부 쪽이 아닌 것 같다. 원래부터 공부를 잘하거나 머리가 뛰어난 사람이 아니기에 더 치열하게 방법을 찾아야만 했다. 그렇게 찾아낸 방법은 여러 번의 시험을 통해 증명되었다. 이제는 나만의 방법을 찾았기에 시험이 크게 두렵지 않다.

시험 때마다 합격을 이끌었던 나의 방법은 무엇이었을까? 사실은 나만의 방법이라고 하기는 부끄럽다. 그저 공부를 잘못하는 사람이 어떻게든 합격하고자 했던 '발악'에 가깝다. 내 '발악'의 핵심 방법들을 소개한다.

경쟁률 분석에 따른 목적지 설정

나는 심각한 길치다. 내비게이션이 없으면 가까운 길도 한참을 헤맨다. 한번은 직장 상사가 내 차에 탄 적이 있는데 거리가 가까우니 내비게이션을 켜지 말라고 하셨다. 나는 긴 시간 빙빙 돌다가 겨우 도착했고 상사는 아무 말씀도 없었다. 창피해 죽는 줄 알았다. 내겐 갈림길 하나하나, 골목 한 군데 한 군데가 모두 혼란투성이었다. 하지만 내비게이션을 사용한다면 문제없다. 확실한 목적지를 설정하고 두리번거릴 필요 없이 알려주는 대로 가기만 하면 된다. 시험 준비, 혹은 다른 목표가 있을 때도 마찬가지다. 먼저 내비게이션에 입력할 목적지를 정해야 한다.

목적지를 정할 때는 우선 나에 대해 아는 과정이 필요하다. 이른바 '자기 객관화'다. 나는 객관적으로 나를 보기 위해 노력했고, 다양한 경험도 많아 장단점 파악이 잘 되어 있는 편이다.

편입시험을 보겠다고 마음먹었을 때 나는 자기 객관화부터 시작했다. 무엇보다도 직장에 오래 근무해 본 적이 없고 인내심도 부족한 내겐 수험 기간이 짧아야 했다. 그다음으로 가장 중요하게 생각한 건 경쟁률이다. 나보다 공부 잘하는 사람들이 천지라 한 명이라도 경쟁자를 줄여야 했다. 이러한 자기 객관화를 통해 수험 기간은 1년이 넘지 않을 것과 경쟁률을 최대한 낮추는 것을 포인트로 잡았다.

편입 전형에는 일반편입과 학사편입 두 가지가 있다. 전문대를 졸업한 사람은 2년제 졸업 후 일반편입에 지원하는 것이 일반적이지만 나는 다른 선택을 했다. 4년제 졸업 후 지원할 수 있는 학사편입의 경쟁률이 현저히 낮았기 때문에 학사편입 방법을 알아본 후 학점은행제를 통해 학사취득 과정을 진행하기로 결정했다. 일을 하면서 학점을 이수하고, 편입시험 공부도 병행하면서 원서 접수 전에 학사학위를 취득하겠다는 계획을 세웠다.

편입의 경우 인문 사회계열은 영어 한 과목, 자연 계열은 영어와 수학 등 두 과목을 시험 본다. 나는 고등학교도 인문계, 대학도 인문계열로 나왔다. 하지만 영어가 너무 취약했기에 영어만으로 승부를 보기엔 불리했다. 수학을 잘하는 건 아니었지만 그래도 영어 시험만 보는 것보다는 낫다고 판단했다. 경쟁률도 자연계열이 더 낮았다. 이렇게 학사편입-자연계열로 가닥을 잡았다.

대학교도 전략적으로 선택했다. SKY라 불리는 대학은 다른 대학과 전형이 달랐다. 객관식이 아닌 영어 논술 또는 전공 시험도 봤다. 고민 끝에 이 대학들을 제외하고 일반 객관식 시험을 보는 대학교를 목표로 잡았다.

가장 중요한 부분은 원서접수다. 학과를 지원할 때 흔히 벌어지는 실시간 경쟁률 눈치 싸움은 도움이 되지 않는다. 대신 나는 5~7개년의 학과별 경쟁률 추이를 분석했다. 가장 인기 있는 학과는 빼고 조금 생소하거나 올해 경쟁률이 낮을 것 같은 학과를 몇 군데 골라낸 다음 그중 가장 가고 싶은 학과를 최종 목표로 했다. 이처럼 나의 목적지 설정은 철저한 분석과 경쟁률을 토대로 한 전략에 있었다. 합격 후기들을 보고 시험에 대한 정보를 검색하며 내가 감당할 수 있는지 스스로 물었다. 이 정도면 해볼 만하겠다는 판단이 설 때까지 시험과 나를 맞춰간 것이다.

공무원 시험도 다를 바 없었다. 직렬과 지역을 선택할 때 경쟁률부터 살펴봤다. 경쟁률이 높은 행정직렬, 수도권 지역 대신 내가 조금이라도 익숙하고 도전해볼 만한 소수 직렬을 선택했다. 지역은 내가 지원할 수 있는 곳의 경쟁률을 분석해 결정했다. 지금은 공무원 시험의 지역 선택이 많이 한정되지만, 그 당시는 '도' 안에서 자유롭게 가능했다. 소수 직렬은 10명 이내의 적은 인원만 뽑는 경우가 대부분이었다. 나는 경쟁률을 분석해 과감하게 1명만 뽑는 지역에 지원했다. 여러 명을 뽑으면 경쟁률은 비슷하지만 나보다 잘하는 사람이 더 많아질 거라 생각했다. 또한 그간의 필기 합격선을 보니 선발 인원이 여러 명일 때보다 1명일 때 점수가 더 낮은 경우가 많았다.

이처럼 목적지 설정은 나에 대한 분석과 시험에 대한 객관적 정보, 경험자들의 후기 등 삼위일체를 통해 심혈을 기울여서 결정했다. 원하는 시험에 합격하기 위해선 감수해야 하는 게 많았다. 전공을 바꾸고 지역을 옮기더라도 합격하겠다는 담대함이 필요했다. 누구와 붙어도 합격할 자신이 있거나, 아무것도 절대 바꾸지 않고 해내겠다는 마음이라면 자신의 생각대로 하면 된다. 다만 나는 천재가 아니고 부족한 사람이란 걸 인정했다. 그렇기에 출발을 위해선 도착 가능한 목적지를 찾아내야만 했다.

물론 목표를 이루기 위해 열심히 공부하는 것도 중요하지만, 진짜 되게 하려면 정확하게 방향을 설정하고, 목표 달성의 확률을 높이기 위한 전략을 짜야 한다. 명심하자. 우리는 무모한 도전을 하는 게 아니라, 목표를 이루기 위해 도전하는 것이다. 그리고 같은 목표를 향해 달려가는 경쟁자들이 있다는 것도 잊지 말아야 한다. 그들을 제치고 목표를 쟁취하려면 막연한 기적보다는 현실적인 방향성을 잡고 가는 게 훨씬 성공 확률이 높다. 싸움도 이길 만해야 해보는 것이다.

그러니 이제부터는 되는 싸움을 하자. 기적을 바라지 말고, 되는 곳에 베팅하자!

🔍 Key Points

1. 자신의 성향 및 현실을 파악한다. (준비할 게 있는지, 바로 수험생 모드가 가능한지, 공부 기간은 어느 정도로 할지 등)
2. 지원 가능한 전형을 알아본다.
3. 경쟁률 5~7년 치를 분석한다. (평균적으로 낮은 곳, 주기를 타며 낮은 곳 등 올해 경쟁률이 낮을 만한 곳을 예측해본다.)
4. 시험 정보와 경험자들의 후기를 검색하며 나의 가능성을 가늠해본다.
5. 가장 가능성이 높은 곳을 선택한다.

합격을 가르는
'매일 아웃풋'

수험생이라면 회독 공부법을 모를 리 없다. 7회독 공부법, 10회독 공부법 등 횟수가 정해져 있는 다양한 공부법이 있다. 나는 회독 횟수를 정하기보다는 하는 데까지 했다. 100번을 해서 안 되면 101번 한다는 마음가짐으로 시험 보기 전까지 계속 반복한 거다. 지금 다시 돌아간다면 할 수 있을까 싶지만, 그땐 당장 앞에 있는 일들을 하나하나 해 나간다는 마음으로 해 나갔다.

무한반복 패키지(이론을 공부하는 방법)

편입학원에 다녔을 때 영어 기초반은 두 달 과정이었다. 내가 등록했을 때는 첫 달 수업이 끝난 뒤라서 둘째 달 수업을 먼저 들었다. 그다음 달에 첫 달 과정 수업을 들었고 갈피를 못 잡으며 둘째 달 과정의 수업을 또 듣게 됐다.

그때 깜짝 놀란 경험을 했다. 같은 수업을 또 들으니 내용이 머리에 쏙쏙 들어오는 게 아닌가! 혼자서 책을 보며 복습하는 것보다 들었던 수업을 반복하는 게 내겐 최고의 공부법이라는 걸 깨달았다. 그때부터 나는 수업을 녹음했다. 수강했던 수업을 귀로만 다시 들으며 복습하니 또 다른 느낌으로 다가왔다. 현장 강의에서 이해가 되지 않았던 수학 수업은 인터넷 강의로 미리 예습했다. 합격 확률이 1%라도 올라간다면 시간과 돈을 아낌없이 투자했다.

나중에는 녹음하는 과정이 번거로워 인터넷 강의만으로 수업을 들었다. 강의를 반복해 듣는 공부법은 흐름을 파악해야 하는 한국사 같은 과목에 특히 효과가 좋았다. 다른 대부분의 과목들도 반복하기만으로 큰 효과를 볼 수 있었다. 남들이 항상 말하듯 반복만이 답이었던 것이다. 개념을 익힐 때는 이렇게 익숙해질 때까지 강의를 반복하고 복습했다.

잠자리에 눕는 시간까지 반복학습에 할애했다. 생각해보면 이 시간이 반복에 최적인 황금시간이었다. 나는 항상 두 번 이상 반복한 수업을 들으며 잠을 청했다. 어둠 속 고요한 분위기에서 노곤함 속으로 수업 내용이 스며들면 마치 내 안에 각인되는 듯한 느낌이 들었다. 그러면 이 내용은 절대 잊어버릴 수 없겠다는 만족감과 함께 잠이 들었다. 수업 내용이 그대로 꿈에 나와 마치 꿈속에서도 공부한 것 같은 착각이 들며 잠에서 깨기도 했다.

반복은 자투리 시간에도 톡톡한 효과를 냈다. 학원에 오가는 지하철 속에서 보내는 시간, 걷는 시간, 식사 시간도 다 모으면 꽤 컸다. 이때 외웠던 영단어를 반복하면 내 것이 되지 않고는 못 배길 것 같은 자신감이 차올랐다. 외운 수학 공식을 되뇌기에도 좋았다. 이러한 자투리 시간은 짧고 굵게 집중할 수 있어 마냥 앉아서 공부할 때보다 암기 효과가 좋았다. 아는 것을 확인해 보는 점검 시간이기도 했다.

공부할 때 소리내어 말하거나 손으로 써보는 것도 도움이 됐다. 너무 안 외워지는 영단어는 눈을 감고 단어와 뜻을 타령처럼 계속해서 중얼거렸다. 노트에 반 페이지 넘게 단어 하나만 쓰며 외우기도 했다. 마음속으로 '들어와라 들어와. 내 머릿속에 들어와' 하고 주문을 외웠다.

장소를 바꿔가며 공부하는 것도 주의를 환기시키기에 좋았다. 한 번에 집중할 수 있는 시간이 길지 않아서 자습실에서 공부하다 지루해지면 독서실로 옮겼다. 그러다 또 지루해지면 잠깐 카페에서 공부하기도 했다. 특히 카페는 혼잣말을 하며 외울 수 있는 장소로 제격이었다. 장소를 달리하면 '다시 시작'이라는 마음으로 새롭게 다짐을 하며 공부하는 것이 가능했다.

이해될 때까지 무한 반복했던 수업도 셀 수 없을 정도로 많았다. 강의를 반복해서 보면 처음에는 어려웠던 내용들이 조금씩 익숙해지고, 다시 듣고 또 듣는 과정을 통해 마침내 내용이 스펀지처럼 흡수된다. 눈으로 보며 수업을 듣고, 귀로 들으며 반복하고, 입으로 말하며 되뇌고, 손으로 자꾸 써보면 수업 내용은 자연스럽게 내 것이 된다.

 **Key Points**

1. 강의를 여러 번 들으며 복습한다.

2. 잠자리에 들 때 그날 공부한 부분을 들으며 잠을 청한다.

3. 자투리 시간에도 영단어 같은 단편적 지식을 외운다.

4. 보고, 듣고, 말하고, 써보며 내 것이 될 때까지 반복한다.

5. 장소를 바꿔가며 새로운 마음으로 시작한다.

문제 풀기의 핵심은 같은 책이나 노트를 여러 번 푸는 것이다. 나의 경우 네다섯 권의 중요한 문제를 적은 노트를 반복해서 보는 방법을 통해 합격에 다가설 수 있었다.

문제를 풀 때는 하루 분량을 정해두었다. 밑에 있는 답은 가리고 다른 노트에 문제를 풀었다. 문제 옆에는 맞으면 동그라미, 틀리면 작대기 표시를 해놓았다. 다시 풀 때는 틀린 문제만 풀었다. 문제 위에 또 맞은 건 동그라미, 틀린 건 작대기 표시를 해놓았다. 그렇게 틀린 문제가 없어질 때까지 문제를 풀었다. 그게 내가 정한 1회독이었다. 다시 모든 문제를 풀고 같은 과정을 반복했다. 한 번 맞은 문제라고 해서 다음번에도 맞을 수 있다는 확신이 없었기 때문이다.

그렇게 그날 분량의 모든 문제가 세 개 연속 동그라미가 되는 3회독이 되면 끝나는 것이다. 물론 계속 틀려서 작대기가 너무 많은 문제는 형광펜과 별표를 해두었다. 대부분의 시험이 속도전이기에 맞은 문제는 빠르게 푸는 데 중점을 두었다. 이렇게 반복하다 보면 문제 위에 표시를 하기 위해 공부가 하고 싶어졌다. 문제를 푸는 데 탄력을 받으면 '모든 문제를 동그라미로 만들겠다'는 자신과의 선한 싸움을 하게 된다.

편입과 공무원 시험 둘 다 영어시험이 있었는데, 이때도 단 한권의 단어집으로만 공부했다. 영단어는 특히 휘발성이 강해서 스터디를 통해 한 권만 수십 회 반복했다. 처음에는 적은 양의 단어를 외우다가 점차 영단어 개수를 늘려나갔다. 시험 며칠 전부터는 반복적으로 외워도 잊었던 단어들만 집중적으로 봤다. 오랜 시간 한

단어집을 붙들고 공부하면서 표시해두었기 때문에 한눈에 그 단어들을 알아보고 마지막까지 점검할 수 있었다.

　과목에 대한 전략도 필요하다. 내게는 영어가 걸림돌이었다. 단어와 문법은 길이 보였는데 독해는 실력 향상이 쉽게 되지 않아 어려움을 겪었다. 당시 단기간내 합격을 목표로 했기에 '선택과 집중'이 필요하다고 판단했다. 고민 끝에 단기간에 가능한 영어 단어와 문법만 확실하게 잡기로 결정했다. 독해와 구문 분석 등 다른 부분은 매일 문제를 풀며 감만 유지하도록 최소한의 시간만 투자했다. 영어는 문제를 푸는 데 시간이 오래 걸리기 때문에 시험에서 다른 과목을 빨리 풀고 영어에 더 시간을 쏟아야 했다. 그래서 나는 오히려 영어에 투자할 시간을 다른 과목 반복에 더 집중했다.

　유독 자신 없는 과목이 있다면 최소한의 점수만 확보한다고 생각하자. 다른 과목에서 점수를 높게 받아서 합격할 수 있다면 전략적으로 공부해야 한다.

 **Key Points**

1. 반복할 노트를 정한다. 정해진 몇 권만 반복하는 게 좋다.

2. 답을 가리고 다른 노트에 문제를 푼다.

3. 맞았는지 틀렸는지를 문제 위에 체크해둔다.

4. 다시 풀 때는 틀린 문제만 푼다.

5. 모든 문제가 동그라미가 될 때까지 푼다.

6. 다시 처음부터 모든 문제를 풀되 한 번에 맞은 문제는 더 빠르게 푼다.

7. 세 번 연속 모든 문제를 맞힐 때까지 푼다.

8. 범위를 늘려가며 계속 반복한다.

9. 많이 틀렸던 문제들은 시험 전날과, 가능하면 당일에도 다시 푼다.

10. 잘하는 과목과 자신 없는 과목에 '선택과 집중'을 한다.

나만의 암기술,
합격으로 가는
지름길

일반적으로 검증된 효율적인 방법에 나만의 방식을 더한다면 더 없이 좋은 공부법이 된다. 단점이라고만 여겼던 나의 몽상가적 기질을 공부에 활용하니 능률이 배가 됐다.

내겐 단순 반복이 정말 쥐약이었다. 특히 영단어같이 무작정 외워야 하는 부분은 시간을 들여도 효율이 많이 떨어졌다. 남들은 3~4번 하면 기억난다는 데 나는 7~8번을 반복해도 기억이 날까 말까 했다. 이해가 안 되는 걸 억지로 외우는 건 고역이었다. 대신 상상하는 건 잘했다. 일상생활에서도 자연스럽게 공상이 떠오르곤 했다. 마음에 안 드는 사람이 있을 땐 어릴 적 봤던 만화 『마법소녀 리나』의 주문인 '기가 슬레이브'(폭발적인 힘으로 파괴할 수 있는 끝판왕 주문)로 시원하게 박살내 버리는 상상을 하기도 한다.

어느 날 이 상상하는 힘이 공부와 연결되었다. 영어 단어를 소리 나는 대로 연상하며 외웠더니 훨씬 쉬웠던 것이다. 예를 들어 '증거'란 뜻을 가진 evidence를 애비가 돈 쓴 증거[4]로 외우니 저절로 머리에 들어왔다. 마침 시중에 연상법을 활용한 영단어집이 있었고, 당연히 내겐 효과 만점이었다. 시간이 한정적인 수험 생활 동안 영단어 연상법은 정말 큰 힘이 되었다. 연상법이 없었다면 어쩌면 영단어는 포기해야 할 분야가 됐을지도 모른다.

이후 다른 시험을 볼 땐 더 적극적으로 다양한 암기법을 동원했다. 암기술, 암기법과 관련된 책을 여러 권 사서 읽어본 후 나에게 맞는 방법 몇 가지를 적용했다. 예를 들어 버터플라이밸브[5]를 외울 땐 동그란 나비가 몸을 빙글빙글 회전하며 날아다니고, 작은 몸으로 여기저기 참견하며 돌아다니는 걸 상상했다. 한두 번 상상하니 단어를 보면 저절로 연상이 떠올랐다. 연상법을 활용하면서 웃기거나 자극적인 내용을 포함시키면 더 오래 기억에 남는다는 사실도 알게 되었다. 매번 단어와 내용을 상상으로 연결시키는 일

---

4) 『경선식 영단어 공편토』, 경선식, 경선식에듀, 2020.7

5) 원판 중심선을 축으로 원판이 회전함에 따라 개폐가 이루어지는 밸브이다. 타 밸브에 비해 소형으로, 공간이 협소한 곳에도 설치가 가능하다.

이 다소 시간이 걸릴 때도 있었지만, 단순 반복보다 훨씬 장기간 기억에 남아 효과적이었다. 실제 시험에서도 문제를 봤을 때 바로 상상이 되며 답을 순식간에 고를 수 있었다.

각종 시험 관련 카페에는 다양한 암기법이 올라와 있다. 읽어보며 그대로 외우기도 했고, 내게 맞는 식으로 변형하기도 했다. 첫 머리 글자(두 문자) 암기법이 대다수인데 내게 착 붙는 암기법들만 활용하면 효율이 높았다. 한국사에서는 역사적 인물의 저서를 외우기가 쉽지 않다. 이런 경우 두 문자를 따서 몇 번 소리내어 읽다 보면 외워지기도 한다. 예를 들어 삼국시대 신라의 승려 원효의 저서는 '십구금 대화'로 외웠다. 원효가 요석궁 공주와 십구금 대화를 나누며 아들 설총을 낳은 걸 떠올렸다. (**십**문화쟁론/**구**/**금**강삼매경론/**대**승기신론소/**화**엄경소)

숫자 같은 경우엔 1~9까지 차례대로 한글 초성에 대입하여 외우기도 했다.

1	2	3	4	5	6	7	8	9	0
ㄱ ㅋ	ㄴ	ㄷ	ㄹ	ㅁ	ㅂ ㅍ	ㅅ	ㅇ ㅎ	ㅈ	ㅊ

예를 들어 한국사에서 국권 피탈 과정을 외울 땐 처음 주요 사건이 발생한 연도만 외우고 이어지는 사건은 순서대로 외웠다. 러일전쟁이 발발한 1904에서 앞의 1900년대는 굳이 외우지 않아도 알 수 있기에 뒤에 있는 0과 4에만 대입했다. 0은 한글 초성으로 ㅊ, 4는 ㄹ이다. ㅊ, ㄹ의 초성으로 차렷이라는 단어를 떠올렸다. 이것으로 러일전쟁에서 일본 순사가 차렷 자세로 "전쟁을 선포하무니다!"라고 외치는 장면을 상상해 대입했다.

기억술 책을 보며 나만의 방식으로 바꿔 적용한 것도 있다. 그중 하나는 특정한 숫자나 단어를 캐릭터와 연관지어 연상하는 방법이다. 이른바 캐릭터 변환 기억법인데 내겐 암기가 잘되지 않는 부분을 공부할 때 꽤 효과적이었다.

그러면 숫자 변환 기억법과 캐릭터 변환 기억법을 사용해서 나만의 기억법을 만들어보자.

숫자 변환 기억법[6] :

  예시) 제1차 세계대전(1914~1918)

  19는 기억하고 14와 18에만 적용한다(14 : 캐럴, 18 : 가위).

  14 : 전쟁 안 돼♪ 전쟁 안 돼♪ **캐럴**을 부르며 전쟁을 시작한다.

  18 : "전쟁이 대단원의 막을 내립니다"하며 다 같이 한 줄로 서서 **가위**로 선을 자른다.

캐릭터 변환 기억법 :

  예시) 일제강점기의 시기별 통치방식 및 주요 사건

1910년대 (무단 통치)	1920년대 (민족 분열, 기만 통치)	1930년대 (민족 말살 통치)
칼 찬 교사 회사령 공포(허가제) 토지조사사업 실시 태형(조선인만 해당) 독립의군부 조직 (임병찬, 태극기계양운동 등) 비밀결사단 신민회	보통 경찰 치안유지법 실시 산미 증식 계획 회사령(신고제) 6.10. 만세운동 광주 학생 항일 운동	창씨개명 동아일보 브나로드운동 전개 일왕 폭살 시도(이봉창) 홍커우공원 의거(윤봉길)

---

6) 『암기비법 천재적 기억술』(와다나베 다까이끼 지음, 엄기환 옮김) 참고

먼저 1910년대는 세일러문이 활동하는 시기라고 상상을 하고 여기에 맞춰 캐릭터를 대입시킨다.

● 칼 찬 교사

세일러문이 칼 찬 교사들에게 "무력으로 다스리는 왜놈들이여. 정의의 이름으로 널 용서하지 않겠다!"고 외친다.

● 태형

엎드려 있는 세일러문이 엉덩이를 때리려는 경찰들에게 고개를 돌려 말한다. "엉덩이를 때리려는 널 용서하지 않겠다!"

● 태극기 게양 운동

임백천(임병찬) 아저씨가 세일러문에게 "이 국권 반환 요구서를 조선 총독에게 좀 전해줘"라고 말한다. 세일러문이 고개를 끄덕이며 국권 반환 요구서를 들고 날아간다. 임백천과 세일러문이 발이 보이지 않게 바삐 태극기를 걸고 다닌다.

● 비밀결사단 신민회

"우리는 조선의 국권을 회복해야 해. 이건 우리만의 비밀이야."

신민아(신민회)와 세일러문이 팔을 크로스하고 서로 쳐다보며 결의를 다진다.

1930년대는 펭수의 시대라고 생각하고 캐릭터를 대입시킨다.

● 창씨개명
일본 경찰 : "이름을 일본식으로 바꿔야 하겠스무니다."
펭   수 : "펭수 이름을 바꾸라고요? 아 나, 이거 어이없네."
이런 식으로 연관지어 상상한다면 창씨개명이 나오면 어이없어 하는 펭수가 떠오를 것이다.

● 브나로드 운동
"농민 여러분, 펭수가 한글을 가르쳐 줄 테니 모이세여."

● 이봉창과 윤봉길
일왕 폭살을 시도하는 이봉창과 홍커우 공원에서 일본 주요 인사 사살을 계획하는 윤봉길. 비밀리에 준비하는 그들 옆에서 펭수가 말한다.
펭   수 : "쉿, 모두 눈치 챙겨. 왜놈들이여 펭바!"

왜 굳이 세일러문이고, 펭수냐고 묻는다면 할 말은 없다. 그냥 생각나는 걸 대입한 것뿐이다. 자기가 평소 좋아하는 캐릭터에 대입한다면 연상하기가 더욱 수월할 것이다. 그 부분을 공부할 때 몇 번 떠올린다면 그 후엔 자연스럽게 연관되어 떠오르게 된다. 물론 한국사처럼 흐름으로 암기하는 과목은 역사적 순서에 따라 사건을 떠올리며 암기하는 것이 좋다. 암기술은 그 흐름 속에 약간의 조미료처럼 재미를 첨가해 확실하게 각인시키는 역할을 한다.

자주 공상으로 빠져들어 비현실적인 생각을 하던 내 상상력이 이렇게 쓸모 있을 거라 생각하진 못했다. 도서관에서 홀로 키득거리며 나만의 암기법을 만들면서 상상력이 나의 강점이란 걸 알게 됐다. 이렇게 상상으로 공부하는 암기술을 적용해 나름대로 재밌고 효과적으로 공부하기도 했다. 각자의 방식대로 자신의 강점을 살릴 수 있는 공부 방법을 찾는다면 나만의 무기가 될 수 있다. 노래를 자주 흥얼거린다면 헷갈리는 부분을 노래로 만들어 외울 수 있고, 프리스타일 랩을 좋아한다면 박자를 타며 랩을 만들어도 좋다. 연극이나 뮤지컬을 좋아한다면 상황을 연극 대본으로 만들어 연기해 봐도 되고, 그림 그리기를 좋아한다면 그림을 그려가며 암기해도 된다.

하지만 어떤 암기법에도 반복을 피할 순 없다. 무조건 반복하고 무조건 해야 하는 공부가 고통이 되지 않게 지루한 부분은 덜고 재밌는 방법을 찾아야만 한다.

공부에 왕도라는 게 있을까? 어떤 초특급 공부법을 알게 돼도 스스로 적용해 가며 자기에게 맞는 공부법을 찾아내는 과정이 필요하다. 그러기 위해선 어쩔 수 없이 실패를 반복해 가며 다양한 공부법을 자신에게 사용하고 반영해봐야 한다. 어떻게 보면 처절하기까지 한 방법들을 보며 '이렇게까지 해야 하나?'라는 생각이 들 수도 있다. 그럴 땐 스스로 대답하자.

"응. 이렇게까지 해야 해."

이렇게 안 해도 합격할 수 있고 원하는 삶에 도달할 수 있다면 굳이 이 방법을 적용하지 않아도 좋다. 하지만 그게 아니라면 해야 한다. 합격하기 위해선 구차하더라도 효율적인 방법이 있다면 모조리 모아야 한다.

목표를 정하고 내게 맞는 방법을 찾자. 공들여 찾은 방법들로 무장했다면 준비는 끝났다. 이길 수 있는 방편을 총집합시켰다면 이제부턴 돌아볼 것 없다. 자, 이제 성공까지 무조건 직진이다.

 **Key Points**

(연상법과 첫머리 글자 암기법)

1. 단어의 경우 연상법으로 만들어진 책을 참고한다.

2. 연상은 재밌거나 자극적인 상상을 동원해 만든다.

3. 관련 카페에서 암기법을 검색해 모은다.

4. 소리를 내 말해보며 자기에게 와닿는 암기법을 적어 외운다.

5. 더 좋은 암기법이 떠오른다면 그걸로 외운다.

6. 그냥 외우기 어렵고 암기법으로 만들 것도 생각이 나지 않는다면 관련 카페에 도움을 청한다.

7. 그러나 남이 해준 것보다 스스로 만든 암기법이 훨씬 효과적이란 것을 기억하자!

효율의 끝판왕!
스터디

많은 노하우와 경험들로 단시간에 시험에 합격한 전력을 가지고 있는 내게 누군가 가장 효과적인 공부 방법을 물어온다면 나는 단연코 스터디를 꼽을 것이다. 혼자만의 의지로 공부한다는 건 굉장한 노력이 필요하다. 내 안의 또 다른 내가 더 즐거운 걸 가져와 '이거 재밌지? 조금만 더 하고 이따가 공부해'라며 수시로 유혹해 오기 때문이다. 자신과 타협해 순응하는 시간이 늘면 익숙했던 원래의 삶으로 돌아가기 십상이다. 이런 유혹을 방어하고 공부하지 않고는 못 배기게 만드는 장치가 스터디였다. 스터디는 내가 수험 생활에 끝까지 집중할 수 있게 만들어 준 일등 공신이었다.

편입 공부를 할 때 나는 스터디 하러 다니느라 바빴다. 영단어와

영문법, 수학까지 여러 개의 스터디에 참여했다. 학원 수업 이외에는 스터디를 준비하는 시간으로 하루를 보냈다. 아무것도 몰라 막막한데 가야 할 길은 구만리인 수험생활 초기에 스터디는 시험 공부를 익숙하게 만들어준 최고의 방법이었다. 편입 공부를 통해 스터디의 위력을 알게 되었고, 덕분에 몇 년 후 준비한 공무원 시험에서는 따로 학원에 다니지 않고 온라인 강의와 스터디로만 공부를 했다. 집 근처 도서관에서 생활 스터디를 했는데 역시나 스터디 효과를 톡톡히 보았다. 그렇다면 스터디의 어떤 장점이 공부의 효과를 높이는 걸까? 내가 스터디 덕분에 합격했다고 말하는 이유는 다음과 같다.

공부할 때는 매일 해야 할 분량을 설정하는 게 좋다. 자신만의 데드라인을 정해 '언제까지 이만큼을 다 끝내겠다'는 구체적 분량을 정해야 한다. 데드라인을 만들어 강제성을 부여하는 것인데, 혼자 공부하면서 자신과의 약속을 매번 지키기는 쉽지 않다. 스터디를 하면 자연스럽게 공부 계획을 세우고, 스터디 스케줄에 맞춰서 특정 분량을 미리 공부하는 것이 가능하다. 스터디 시간에는 주로 테스트를 하기에 정해진 분량을 공부해가지 않을 수 없기 때문이다. 물론 처음에는 버겁게 느껴질 수 있고, 약속된 분량의 공부를 해오지 못할 수도 있다. 이런 상황을 막기 위해서 스터디마다 나름의 패널티를 적용해 함께 합격으로 갈 수 있도록 서로 돕는 장치를 마련하는 경우가 많다. 꼭 패널티가 아니더라도, 직접 스터디에 참여해보면 열심히 하는 분위기를 내가 망치고 있지는 않나, 나만 뒤처지고 있지 않나 하는 불안감이 생겨 결국 책상 앞에 앉게 된다.

시험이 다가오면 누구나 마음이 급해진다. 궁지로 내몰려 급하게 벼락치기를 한다. 우리는 이때 최고의 집중력을 발휘하고, 공부의 효과는 극대화된다. 마찬가지로 나는 스터디 시간이 다가오면 점점 초조해졌다. 이런 초조함은 내가 스터디 분량을 초집중 상태로 공부할 수 있게 만들어 주었다. 스터디 직전마다 반복됐던 걱정과 몰입이 공부의 효율을 한껏 끌어올려 준 것이다.

매일 테스트한다는 건 공부한 내용을 인출해내는 것이다. 인출이란 내 머릿속에 떠다니는 학습 내용을 밖으로 끄집어내는 과정이다. 공부했다면 인출해야 그 내용을 더욱더 오래 기억하게 된다. 인출학습법은 많은 공부법에서 강조하는 매우 효과적이고 중요한 공부법이다. 스터디에 참여하면 함께 공부한 내용을 테스트하면서 자연스레 인출을 하게 된다. 혼자서 외우기엔 귀찮고 버겁지만, 함께 시험을 통해 실력을 검증하기 때문에 귀찮을 새도 없이 일단 해야만 한다. 이 과정에서 공부의 능률이 크게 높아진다. 또한 테스트를 통해 내가 아는 것과 모르는 것을 명확히 파악할 수 있으니 더할 나위 없이 좋은 공부법이다.

목표를 이루는 건 외로운 혼자만의 싸움이다. 나처럼 자신과의 싸움을 하는 동지들이 옆에 있다면 그것만으로도 큰 위안이 된다. 스터디원들은 목표를 향해 달려가는 서로의 고된 마음을 말하지 않아도 위로하고 보듬어 준다. 목표를 함께 이뤄가는 동안 우리는 서로의 친구가 된다. 같은 목표를 가진 친구들과 서로를 응원하며 나아간다면 분명 혼자 할 때보다 더 수월하게 할 수 있다.

공무원 시험 스터디를 했을 때 나를 제외한 다른 친구들은 시험을 몇 번 치른 적이 있는 공시경험자였다. 처음이라 아무것도 몰랐던 나는 그들에게서 많은 정보와 도움을 받았다. 이처럼 스터디 구성원들이 이미 경험이 있거나 나보다 더 나은 실력을 가지고 있다면 그들과 더불어 빠르게 발전할 수 있다. 스터디 시간에 서로 묻고 답하는 사이 혼자서 고민하던 문제도 해결되고 다른 친구들이 어려워하는 부분까지 같이 공부하며 실력을 쌓을 수 있다. 잘하는 친구와 자신을 비교하거나 경쟁의식을 느끼는 대신 그들에게서 배우고 같이 성장하는 기회라고 여긴다면 그들은 나를 이끌어주는 조력자가 된다. 의욕적인 구성원들과 함께라면 엄청난 시너지를 경험할 수 있다.

공무원 시험에서 한국사 과목이 점점 어려워지던 때였다. 역사적 사건의 순서 배열 문제는 발생 연도만 알면 풀 수 있는 경우가 대부분이었다. 그런데 같은 연도에 월까지 알아야 정답을 맞힐 수 있는 문제가 보이기 시작했다. 우리 스터디에서는 출제 스타일을 파악한 뒤 바로 스터디 테스트에 적용했다. 시험에 자주 나오는 사건들을 적고 몇 년 몇 월에 발생했는지까지 맞히는 문제를 매일 테스트한 것이다. 우리는 못 맞추는 문제는 없을 거라며 서로에게 항상 '파이팅!'을 외쳤다. 변별력을 가리는 문제는 우리만 맞힐 수 있는 문제라고 서로에게 자신감을 불어넣어 주었다. 다른 과목도 마찬가지로 우리만의 테스트를 지속해 나갔다. 이처럼 진취적인 스터디는 서로에게 합격에 대한 확신을 채워주며 강력한 동기를 부여한다.

나는 주로 조장이 되어 스터디원을 모집하거나, 기존 스터디에 들어가 조장을 맡기도 했다. 조장은 모임을 이끌고 가는 막중한 책임이 있긴 하지만, 스터디 분위기를 결정하는 힘이 있으며 그 때문에 나태해지지 않고 더 큰 책임감을 가지고 공부에 전념할 수 있었다. 물론 여러 사람이 모이다 보니 스터디에도 단점이 있다. 스터디가 본연의 목적을 잃고 자칫하면 친목 도모 모임으로 변질될 수 있다는 점이다. 이때 조장을 맡아 조언과 격려로 분위기를 이끈다면 친목으로 유도하는 사람을 저지하고 분위기가 들뜨는 것을 방지할 수 있다. 또한 공부에 소홀한 사람을 독려하며 자신에게도 채찍질하는 효과를 거두기도 한다.

조장이 되는 게 부담스럽다면 조장의 성향을 보고 스터디에 들어가는 걸 권한다. 중간에 스터디가 와해되지 않게 만들 리더십을 갖추었는지, 친목 모임으로 바뀌지 않게 할 단호한 카리스마가 있는지 말이다. 더불어 다른 사람 의견에 귀를 기울이고 분위기를 화기애애하게 만드는 능력까지 갖추었다면 조장으로서 자격이 충분하다.

반면 반드시 피해야 할 스터디도 있다. 스터디 시간에 공부보다 친목 도모로 시간을 더 많이 보낸다면 걸러야 할 스터디 1순위다. 나보다 실력이 부족한 친구들로만 구성된 스터디도 안 들어가는 게 낫다. 내 실력의 성장보다는 다른 친구들에게 에너지만 뺏길 가능성이 크기 때문이다. 정체가 불분명한 스터디도 피해야 한다. 영단어 외우기로 모였다가 독해 해석하기, 영문법, 수학문제 풀기 등으로 방향을 자주 바꾸는 경우다. 이런 스터디는 방향을 잃고 혼란에 빠져 능률을 떨어뜨릴 수 있다.

온라인 스터디 또한 매우 효율적이다. 요즘은 스터디 종류가 무척 다양하다. 칫솔에 치약 묻힌 걸 인증하는 기상 스터디부터 아침 출석 체크 스터디, 캠을 켜놓고 함께 공부하는 캠 스터디, 독서실에 앉은 걸 인증하는 착석 스터디, 공부량 인증 스터디 등 기발하고 재미있는 방식으로 모인다. 스터디마다 각각의 규칙과 방식이 다르므로 자신에게 필요한 스터디를 선택하면 된다. 나 역시 공무원 시험 준비 당시 과목마다 몇 개의 온라인 스터디에 들어가 많은 도움을 받았다. 온라인 스터디는 대면 스터디보다 목적이더 명확해 불필요한 감정 낭비 없이 효율적으로 공부할 수 있다.

예나 지금이나 나는 목표를 세우면 스터디를 활용하고 있다. 취업, 면접, 토익, 오픽, 그리고 다이어트와 독서, 습관에 이르기까지 지금까지 스터디로 목표를 이루며 성장해 왔다고 해도 과언이 아니다. 심지어 남편, 시아버님과 같이 한자 스터디를 하기도 했으니 내가 얼마나 스터디를 좋아하는지 말 다한 셈이다.

학원에 다니지 않고 인터넷 강의와 스터디만으로 합격했던 공무원 시험이 끝나고 내게 한 말이 새삼 기억난다.

"스터디 진짜 최고야. 앞으로도 평생 스터디 하면서 살아야지!"

 **Key Points**

(스터디를 더 효율적으로 하는 TIP!)

1. 목표가 있다면 스터디를 활용하자.

2. 온라인 스터디를 적극적으로 활용하자.

3. 조장의 성향을 보고 들어가자.

4. 원래 목적보다 친목 도모 시간이 많다면 NO!

5. 방향이 자주 바뀌고 정체성이 모호하다면 NO!

6. 조장을 맡아 스스로 책임감을 부여하자.

7. 나보다 실력이 나은 사람들과 함께하자.

8. 스터디 테스트를 잘 준비하자.

9. 벼락치기로 몰입의 효과를 누리자.

10. 우리 스터디에서만 하는 효율적인 테스트를 만들자.

11. 의욕적인 모습으로 서로에게 강력한 동기부여를 하자.

나는 희망컬렉터

4장

나에게 보내는, 힘찬 응원

꿈의 개수에는
제한이 없다

서른 살이 되었을 때 가장 친한 친구에게서 이런 말을 들었다.

"우리 부모님이 너 걱정하셔. 계속 직업이 바뀐다고. 게다가 직업들 사이에 연관성이 하나도 없으니 경력도 인정받기 힘들 거라고. 그중에 뭐라도 하나 꾸준히 해야 하지 않을까?"

친구는 부모님 핑계를 대며 에둘러 말했지만, 나는 친구가 자신의 생각을 전했다는 걸 알고 있었다.

주변의 시선도 마찬가지였다. 사람들은 30살이 되었는데도 자리를 못 잡고 있는 나를 '진득하게 하는 게 하나도 없고 포기도 쉽게 하는, 근성 없는 애'라는 눈빛으로 바라보았다. 그렇게 볼만도 했다. 20대와 30대 시절 내내, 나는 계속 '하고 싶은 일'을 찾아다니고 있었다.

돈 없고 일관된 경력도 없는 백수 — 30살의 나를 표현하기에 적절했다. 내가 얼마나 열심히 살아왔는지, 어떤 노력을 했는지는 다른 사람들에게 중요하지 않았다. 그저 지금 당장 내가 있는 위치만 표면적으로 보고 판단할 뿐이었다. 그렇다면 현재의 나는 어떨까? '직업은 공무원에 아이를 둘 낳은 워킹줌마'라는 수식이 붙는다. 나라는 사람은 그대로인데, 나를 묘사하는 포장지가 바뀐 것이다. 하지만 40살이 다 되어 가는 지금의 나 역시 '여전히 꿈이 자주 바뀌고, 하고 싶은 걸 좇으며, 성공에 목마른 도전자'일 뿐이다.

이런 생각이 든다. 어쩌면 인생은, 내 포장지에 붙은 라벨을 계속 갈아 끼우는 과정이 아닌가 하고 말이다.

한 인터넷 영상에 달린 댓글 중 '돈이 많은 사람보다 자기가 진짜 좋아하는 걸 찾은 사람이 더 부럽다'는 내용을 본 적이 있다. 그리고 그 댓글에는 수백 개의 '좋아요'가 눌러져 있었다. 그만큼 수많은 사람들이 여전히 자기가 좋아하는 것, 정확히 말하면 꿈을 찾지 못하고 있다. 그러다 보니 무얼 해야 할지 몰라 이 막막한 세상을 허우적거리며 살아가고 있다. 어떤 사람은 '내가 정말 좋아하는 걸 찾지 못해 답답하다. 누가 어떻게 하라고 갈피라도 잡아줬으면 좋겠다'고 하소연하기도 한다.

만약 지금 당신에게 작은 꿈이 하나라도 있다면 그건 정말 운이 좋은 거다. 꿈이란 걸 찾지 못해 힘들어하는 사람들이 이 세상엔 너무 많기 때문이다. 설사 그 꿈이 다른 걸로 바뀐다 해도, 무언가를 이루기도 전에 다른 꿈이 다시 생긴다 해도, 이 역시 운이 무척 좋은 거다. 새로운 경험을 할 기회를 또 얻었으니 말이다.

왜 그 꿈을 갖게 되었는지는 전혀 중요하지 않다. 다른 이를 동경하거나 멋있어 보여서 내 꿈이 되기도 하고, 다른 사람이 돈을 많이 번다고 해서 혹하기도 하고, 누가 해 보라고 권유해 목표가 생기기도 한다. 너무 하고 싶었던 일이었지만 막상 해보니 그 일이 싫어질 수도 있다. 반대로 어쩔 수 없이 하게 됐지만, 하다 보니 관심이 생기고 숨어 있던 재능과 소질을 발견할 수도 있다. 꿈이 있다는 게 중요하다는 거다.

한 길을 가지 못하는 자신의 모습에 불안해하거나, 스스로 자책하고 의심하지 않아도 된다. 다양한 것에 몰두하며 다채롭게 살아가는 당신의 삶은 고유의 개성이자, 자신을 더욱 성숙하게 만드는 자산이며 내공이다.

'우물을 파도 한 우물만 파라'는 옛말이 있다. 하던 걸 자꾸 바꾸지 말고 우직하게 하나만 끝까지 해야 성공할 수 있다는 뜻인데 달라진 지금의 사회 모습과 연관지어 보면 시대착오적인 면이 있다.

시대가 변했다. 요즘은 여러 개의 우물을 파서 상하수도관에 연결하는 시대다. 필요한 물은 상수도로 공급받고, 다 써서 필요가 없어진 물은 하수도관으로 내보내면 된다. 내보낸 물 또한 쓸모없지 않다. 정화의 과정을 거쳐 새로운 역할을 해내거나, 그 자체로 쓰임이 있다. 여러 우물이 선순환의 구조를 갖게 된 것이다. 그렇게 선순환 구조는 시너지를 가져온다.

여러 길을 돌아간다고 해도 전혀 불안해할 필요는 없다. 여러 우물이 분명 우리 인생에 시너지를 가져다줄 수 있기 때문이다.

이제 평생직업, 평생직장이라는 말이 사라지고 그 자리를 자연스럽게 부캐와 본캐라는 단어가 채우고 있다. 직업이 두세 개인 사람도 많고, 직장인들도 불로소득을 위해 리스크를 감수하며 동시에 여러 가지 일에 도전하고 뛰어든다. 이런 상황에서 여러 개의 우물은 무엇과도 바꿀 수 없는 빛나는 자산이 된다.

내가 원하든 원치 않았든, 내가 해왔던 경험과 내가 가졌던 직업들을 나는 전혀 후회하지 않는다. 오히려 자랑스럽고 뿌듯하다. 그 경험들은 내 인생을 차곡차곡 덧칠하며 빈틈 많았던 '나'라는 사람의 공백에 다양한 색을 입혀줬다. 경험하지 못했다면 몰랐을 것이고, 도전하지 않았다면 성장하지 못했을 것이다.

30대가 넘어 시작하게 된 공무원이란 직업, 더불어 조금씩 이뤄 가고 있는 작가의 꿈, 그리고 강연자라는 목표. 꿈을 꾸고, 조금씩 그 꿈에 가까이 가고 있다는 자체만으로도 나의 앞날이 무척 기대된다. 다양한 경험과 실패를 겪어봤던 것이 하나하나 소중한 바탕이 되어 지금의 내가 된 것이니 말이다.

'잘못된 길을 걷고 있는 건 아닐까?' 하는 걱정을 하거나, 현실에 비해 너무 큰 꿈을 꾸고 있는 건 아닐까 고민할 필요도 없다. 그것 또한 목적지로 향하는 과정일 뿐이다.

내가 진정으로 하고 싶은 게 무엇인지 아직 못 찾았다고 조바심을 낼 필요도 없다. 이걸 해봐도 별로고, 저걸 해봐도 적성에 안맞는다 해서 시간만 허비했다고 생각하지 말자. '빨리' 가지 못해도 괜찮다. 내가 진정으로 원하는 방향을 찾아내는 것이 훨씬 더 가치 있다. 한 번 가봤던 길은 거미줄처럼 얽힌 인생 지도에서 언젠가 지름길이 되어 우리를 뜻밖의 장소로 안내할 수도 있다.

　꿈꾸는 당신의 선택은 결코 틀리지 않았다. 나만의 고유한 인생을 완성하기 위해 색을 입혀가는 과정일 뿐이다. 먼 훗날 당신의 그림이 얼마나 다채롭고 화려할지 생각해보자. 그림처럼 인생에도 정답은 없다. 피카소도, 고흐도, 모네도 틀리지 않았다. 포기하지 않고 걷고 있다면, 그것만으로도 이미 충분하다.

　당신이 걷는 그 길이 바로 정답이다.

나는
희망 컬렉터

여느 때와 다를 것 없던 어느 날, 별생각 없이 지나치다 문득 책장을 바라보았다. 무척 다양한 책들이 꽂혀 있었다. 책장만 둘러봐도 육아, 다이어트, 공부법, 여행, 자신감 쌓기, 『도덕경』 등 지금까지 내가 어떤 분야들에 관심을 가져왔는지 알 수 있었다.

내 메모 노트에는 '나의 관심사'라고 제목을 붙인 페이지가 있다. 나는 여기에 하고 싶은 것을 한가득 적어놓았다. 시간 관리법과 재테크, 화장법, 요리, 보고서 작성법, 글씨체 교정, 퍼스널 컬러 진단 등을 비롯해 남편을 변화시키는 현명한 방법 찾기까지 그야말로 '내가 하고 싶은 아무거나'를 다 적어놓았다. 이토록 하고 싶은 게 많다는 건 뭘까?

'글씨체 교정 연습을 하면 다음 노트는 훨씬 더 깔끔하게 메모할 수 있겠지?'

'내 퍼스널 컬러를 알아내서 나한테 가장 어울리는 분위기를 연출해야지.'

이런 생각을 하면 흥분감에 들뜨곤 한다. 지금보다 더 나아질 방법을 찾고 나면 하루라도 빨리 달라지고 싶다는 마음이 든다. 나는 이런 하나하나의 기대감을 희망이라 부른다. 하고 싶은 게 많다는 건 바로 희망이 많다는 거다.

죽기 전에 꼭 한 번쯤 해보고 싶은 것들을 작성하는 버킷리스트가 있다. 나는 여기에 나의 관심사인 '희망 리스트'를 더해서 적어보라고 권한다. 버킷리스트에 있는 것만 목표로 삼으면 혹시 인생의 마지막이 올 때까지 미룰 수도 있기 때문이다. '언젠가 하면 되지, 뭐'라는 생각에 빠져 정작 실천은 안 하고, 미뤄두기에 더없이 좋은 핑계가 된다. 반면 당장 하고 싶은 희망 리스트를 적으면 하루라도 빨리 실행해 진정으로 원하는 내가 되고 싶은 마음이 절로 든다.

인터넷에서 '나의 관심사'를 검색해봤다. 누군가가 질문해놓은

글이 보였다.

"학교에서 발표해야 하는데 발표 주제가 나의 관심사예요. 추천 좀 해주세요."

아래에 달린 댓글을 보고 나는 웃음이 빵 터져 나왔다.

"제가 님을 전혀 모르는데 뜬금없이 추천해달라고 하면 어떡함? 자기 관심사를 누구 보고 추천해달라는 거임?"

중·고등학교에서는 자신의 관심사를 진로와 연관지어 생활기록부를 채우기도 해서 추천해 달라고 한 질문이었겠지만, 답변자의 댓글이 바로 정답이 아닐까 싶었다.

생각해보면, 우리는 아기 때부터 선호하는 관심거리가 각기 각색이다. 우리 집 첫째는 트로트를 들려주면 신기해하는 표정으로 집중하며 웃음을 보였다. 반면 둘째는 노래만 들려주면 울음을 터뜨렸다. 오히려 얇은 이불을 얼굴에 뒤집어쓰는 게 훨씬 재미있는 놀이다. 하물며 어른은 말할 것도 없다. 우리의 배경과 수많은 경험, 타고난 성향 등으로 관심사는 개인마다 극히 다르기 마련이다. 취업을 하기 전과 후의 관심사가 다르고 결혼하기 전과 후, 아이가 생긴 후의 관심사는 또 달라진다. 내 관심사는 주어진 환경과 상황에 맞춰 계속 생성되고, 소멸하고, 변화한다. 자신이 관심이 가서 하고 싶은 일을 누가 정해 줄 수 있을까? 그건 오직 나만이 느끼는 흥미이기에 지극히 개인적이고 주관적이다.

어느 날, 전에 적어둔 관심사 노트를 보고 있었다. 정말 다양한 종류의 관심사들이 적혀 있었지만, 그중에서 가장 오래 눈길이 머물렀던 건 '남편과 사이좋게 지내기(부부싸움 하지 않기)'라는 부분이었다. 남편과 나는 첫째를 낳고 본격 육아를 시작하며 피곤함이 극에 달해 항상 날이 서 있었다. 평소와 다를 것 없는 대화였음에도 불구하고, 이때는 종종 다툼으로 번지곤 했다.

남편과 자주 다투다 보니 결혼생활에 대한 회의감까지 들었다. 집에 우환이 있으면 밖에서도 속에 뭔가 얹힌 듯이 불편한 것처럼, 남편과의 의미 없는 싸움들로 인해 난도질 된 마음은 걸레 자락처럼 너덜너덜해지곤 했다.

노트를 유심히 보다가 '이래선 안 되겠다!'는 생각이 들어 펜을 꺼내 들었다. '남편과 사이좋게 지내기(부부싸움 하지 않기)'에 진하게 동그라미를 치고, 함께 해결할 방안을 찾아보기로 했다.

내가 남편에게 화내는 포인트를 더듬어 생각해 보니 비슷한 상황일 때가 많았다. 남편에게 화를 내며 자주 했던 말은 "서로 의견이 다를 때 내 말에 먼저 공감해 준 다음에 당신 주장을 펼쳐. 그게 어려워?"였다. 항상 자기주장이 옳다며 합리적인 척하면서 내 말에 대해 또박또박 지적할 때면, 그저 잘못했다며 몰아붙이는 것 같아 울화통이 치밀어 올랐다. 배려받지 못하는 기분이 들었다. 반대로 남편 또한 내가 중간에 말을 끊고 툭툭대는 말투로 쏘아대듯 말을 해서 더 화가 난다고 했다. 우리는 한참 동안 대화를 하며 합의점을 찾기 시작했고, 서로가 조금만 신경 써줬으면 하는 걸 적기로 했다. 그렇게 함께 적은 걸 맞춰가며 정리해 봤다. 그렇게 탄생한 게 바로 '부부 싸움 대처 매뉴얼'이다.

1. 화가 나거나 상대방이 화낼 조짐이 보일 경우 잠깐 시간을 갖자고 말한 뒤 방으로 들어간다.
2. 방에서 할 말을 정리하고 상대방의 입장을 생각해 본다.
3. 10분 뒤 대화할 준비가 되면 밖으로 나온다.
4. 다시 대화를 시작할 때는 일단 웃으며 말한다.
5. 자신이 잘못한 부분을 먼저 충분히 반성하고 진심 어린 사과를 한다.
6. 부드러운 어조로 자기 입장과 상대방에게 바라는 점 등을 얘기한다.
7. 한 명씩 서로의 말을 끊지 않고 끝까지 듣는다.
8. 대화하며 감정이 다시 격해질 경우 대화를 멈추고 다시 시간을 갖자고 말한 뒤 방으로 들어간다.

남편과의 조율 끝에 우리만의 법칙이 생겼고, 앞으로 싸우게 될 분위기가 되면 매뉴얼대로 실행해보기로 한 것이다.

'부부 싸움 대처 매뉴얼'을 작성한 후 며칠 지나서 저녁 식사를 하며 대화하던 중에 서로 목소리가 높아지는 상황이 또다시 발생했다. 화가 치밀어 오르기 시작했다. 순간 벽에 붙여놓은 '부부싸움 대처 매뉴얼'이 보였고, 화를 억누르며 숟가락을 내려놓고 당장 매뉴얼 1번을 실행했다. 잠깐 시간을 갖자고 말한 뒤 방으로 간 것이다.

방문을 닫고 들어가 거친 숨을 몰아쉬었다. 화가 막 나려던 상태라 우선 심호흡을 몇 번 하며 생각해보니 '내가 너무 사나운 말투로 신경질 부리듯 얘기한 건 아닐까?'란 생각이 들었다. '생각해보면 별것도 아닌데. 더 부드럽게 말했어야 했는데.' 남편에게 조금씩 미안한 마음이 들기 시작했다. 매뉴얼 2번대로 남편에게 할 말을 차분히 정리한 다음 방문을 열고 나가 거실로 향했다. 식탁에 멍하니 앉아있는 남편 맞은편에 앉아 먼저 겸연쩍은 웃음을 지어 보였다. 내가 잘못한 부분에 관해서 이야기했고, 남편에게 서운했던 점 또한 부드러운 말투로 털어놓았다. 먼저 사과해서 그런지 남편도 이내 화가 누그러져 연거푸 미안하다고 말해주었다.

그날 '부부 싸움 대처 매뉴얼'의 효과는 대단했다. 한번 화가 나기 시작하면 점점 더 화가 나 결국 큰 싸움으로 번지곤 했는데, 매뉴얼대로 잠시 멈추고 생각할 시간을 가지니 금세 화가 가라앉고 남편에게 미안한 생각이 들었던 거다.

관심사 노트에 희망을 적고, 그 희망이 현실이 된 경험은 큰 의미가 있었다. 변화할 생각조차 못 하고 포기하고 살던 부분 또한, 노트에 적기 시작하면서 대안을 찾게 되자 이제 원하는 것이 무엇이든 도전하거나 이뤄나갈 수 있다는 믿음이 생긴 것이다. 관심사 노트를 작성한 후 이런 일이 실제로 몇 번 반복되자 삶의 재미를 더욱 느끼게 되었다. 목표를 달성해 나가는 재미가 삶의 큰 즐거움이 된 것이다. 정말 사소한 것부터 엄두가 나지 않았던 것까지 노트에 적힌 내용들은 다양했는데 그것들을 하나씩 달성할 때마다 희망의 크기와 상관없이 희열과 보람을 느끼게 되었다.

자연스럽게 나의 희망은 지금도 점점 넓고 깊게 확장되고 있다. 그 속에서 하나씩 이뤄온 희망들이 나를 단단하게 받치고 있다. 오늘을 사는 힘과, 내일을 기대하게 만드는 힘을 주고 인생을 더 신나게 살아갈 이유가 되어 준다.

나이가 들어 수많은 것들을 경험한다면 과연 하고 싶은 게 사라질까? 70세가 넘으신 우리 아빠는 임플란트 치료 중이다. 아빠는 임플란트를 하면 원 없이 고기를 제대로 씹어 드실 거라 기대하고 계신다. 엄마는 스케일이 더 크다. 영화에 나오는 재벌처럼 수행비서가 "회장님, 도착했습니다" 하며 열어주는 고급 세단에서 내리는 자신을 꿈꾸고 계신다. 우리가 살아 있는 한 '하고 싶은 것'을 적은 페이지가 백지가 되기는 어려울 거다. 물론 우리 엄마처럼 희망이 거창할 필요는 없다. 내 노트에는 '수박 깔끔하게 자르는 법'도 적혀 있다. 작은 바람 하나하나도 모두 내일을 기대하게 만드는 소중한 희망이다.

그러니까 마치 보물찾기하듯 다양한 곳에서 희망을 찾자. 하고 싶은 것을 능동적으로 찾는다면 나만의 행복을 누리는 기쁨을 맛보게 된다. 희망이 늘어날수록 삶은 더 풍요로워진다. 하고 싶은 게 별로 없는 내 마음이 텅 빈 냉장고라면, 희망이 많다는 건 신선한 식재료와 맛있는 음식으로 가득 찬 냉장고와 같다. 우리는 굳이 바로 먹지 않아도 냉장고에 좋아하는 음식이 있다는 것만으로도 마음이 든든하다. 내일은 어떤 음식을 먹을지 설레기도 한다. 식재료에 따라 어떤 요리를 할지 기대하며 계획도 세운다. 사소하고 작은 희망인 간식과 시원한 음료수로 기분전환을 할 수도 있다. 다양한 종류의 희망으로 자신의 냉장고를 가득 채우자.

이제 노트를 펴고 현재 관심사와 그동안 하고 싶었던 것들을 하나씩 적어보자. '이런 것까지?'라는 생각이 들 만큼 아주 사소해도 괜찮다. 이루기 쉽다면 더 좋다. 생각이 날 때마다 계속 적어놓자. 지극히 개인적인 것들로 페이지를 채우자. 희망을 글로 적어 표현하면 마음속에만 지니고 있을 때보다 이룰 가능성이 더 커진다. 노트에 적다 보면 내가 모르던 희망을 깨닫기도 하고 막연하기만 하던 삶의 모습이 구체화되기도 한다. '와, 이거 하나씩 다 해나가면 진짜 좋겠다. 다 하고 싶다' 이렇게 관심은 희망이 되고 목표가 된다.

노트에 가득 적은 목록을 보고 '짜증 나. 이걸 언제 다 해'라고 생각하는 사람은 없을 거다. 누가 하라고 강요한 게 아니기 때문이다. 억지로 하는 게 아니라 하고 싶어서 하는 일에는 의욕이 생기고 만족감이 든다. 마음에 들지 않는 일 투성이인 내 삶에서 희망을 찾는다는 건 삶을 주도적으로 이끌어 갈 수 있는 가장 지혜로운 방법이다. 노트에 적은 관심사들을 하나둘씩 해 나간다면 내일이 기대되고 하루하루가 새롭게 느껴질 것이다. 그것을 이뤄가는 시간 속에 행복감 또한 커지게 된다.

사람들은 어려운 상황에서도 희망을 버리지 말라고 한다. 우리는 그것에 더해 이제부터 적극적으로 희망을 모아보자. 내일을 밝

혀줄 희망으로 가득 찬 자신을 만들어 가자. 희망에는 하나하나 빛이 난다. 나만의 희망을 모아 눈부시게 빛나는 미래의 자신을 그려보자.

숨을 한번 천천히 내 쉬고 자신이 적어놓은 희망 리스트를 쪽 읽어보자. 내가 원하는 걸로만 가득 찬 노트를 보며 희망을 느껴보자. 그러면 이런 말이 저절로 나오지 않을까?

"얼른 하고 싶어. 신난다, 정말!"

자신감의
원천은
'나'

학창 시절에는 공부 잘하는 친구를 보며 이런 생각을 했다.

'저 친구의 뇌와 내 뇌를 바꿀 수 있다면 얼마나 좋을까?'

대학교 때는 로망이었던 노래동아리에 가입해 다른 동아리원을 보며 생각했다.

'나도 사람들이 감탄할 만큼 노래를 잘 부르고 싶다. 노래 잘 부르는 저 친구가 너무 부럽다.'

유튜브 속 뛰어난 재능을 가진 이들에게 질투와 부러움을 느끼고 헛헛한 가슴을 부여잡고는 무능하다는 생각에 스스로를 원망하기도 했다. 내가 지금까지 가장 많이 했던 생각이자 내 마음에 커다란 구멍을 만든 것은 바로 이것이었다.

'남보다 확연히 뛰어난 게 있다면 고민 없이 내 길을 선택할 텐데… 내가 가진 재능은 뭘까? 난 뭘 하며 살아가야 할까?'

20~30대 내내 나는 이런 생각이 바탕이 되어 수많은 방황으로 가슴 아린 시간을 보내야만 했다.

김연우 님의 『꽃보다 남자』는 내가 가장 좋아하는 노래 중 하나다. 노래엔 이런 구절이 있다.

난 너만 있으면 돼 나를 봐
이젠 다른 누군 보지 마

가끔 내가 싫기도 하고
아직 미덥지도 않겠지만
나도 날 알아가는 중인 걸
조금 기다려 줄 수 있니
너를 사랑하는 한 사람
너의 단 하나의 남자로

어렸을 땐 이 노래를 들으며 멋진 남자친구가 내게 불러준다면 좋을 거란 생각을 했었다. 하지만 나이가 들어가며 노래를 다시

들을 때마다 나 자신에게 부르는 노래라고 느껴지게 되었다.

  때로는 내가 싫고 나도 나를 못 믿을 때가 있었다. 하지만 20대에 했던 수많은 방황이 결국 그런 생각들로부터 나를 구해주었다. 돌아보니 방황으로 얼룩진 나의 20대는 나와 친해지는 시기였다. 스스로를 들여다보는 시간을 가져야 한다고 누구도 내게 말해주지 않았기에 나를 들여다보는 법을 그전에는 알지 못했다. 그러나 방황 속에서 나를 행복하게 하는 게 뭔지, 뭘 싫어하고, 뭘 좋아하는지를 차츰차츰 스스로 알아갈 수 있었다.

  어릴 때 꿈이 뭐였는지 잘 기억나진 않지만, 분명한 건 내가 그때부터 남들 앞에 서는 걸 꽤나 좋아했다는 사실이다. 자라면서도 여전히, 무대에 서서 사람들의 주목을 받으면 평소엔 잘 느낄 수 없던, 가슴속 깊은 곳에서 잠자던 카타르시스가 솟아올랐다. 뛰어난 실력을 갖추고 있지도 않았고, 무대에 오르는 것이 입이 바싹 타들어 가도록 긴장되고 무서웠지만 그래도 무대가 좋았다.
  대학생 때는 노래동아리에 들어가, 큰 무대에 서는 경험도 해보았다. 이렇게, 무대에 서는 걸 좋아했지만 막상 취업이란 현실이 닥쳐오니 안정적인 직장을 얻어야 한다는 생각과 무대에 서고 싶다는 생각이 상충했다. 그러다 우연히 브리핑 보험판매라는 걸 알게 됐다. 검색을 해보니 기업에 찾아가 브리핑 형식으로 보험을 판매하는 일이었다. 생소하긴 했지만, 사람들 앞에서 전문적으로 브리핑을 하는 일이 적성에 잘 맞을 것 같았고, 소득도 높은 편이라는 말에 마음이 끌렸다.

입사는 어렵지 않아서 바로 일을 시작할 수 있었다. 경제와 보험에 대한 내용을 정리하고, 발표할 수 있게 자료로 준비하는 과정은 재밌었고 준비하는 내내 흥분이 가시질 않았다. 준비를 마치고 처음으로 기업에 찾아가 브리핑을 하던 날, 엄청난 긴장감에 그만 사람들 앞에서 얼어붙어 버렸는데 앉아계셨던 분들이 내게 괜찮다고 소리치며 응원을 북돋아 주셨다. 그렇게 겨우 첫 번째 일을 마쳤다. 홀가분할 줄 알았는데, 첫날 일을 마치고 회사로 돌아가는 발걸음이 무거웠다. 브리핑을 망친 건 연습하다 보면 나아질 거 같았지만 브리핑 보험도 영업이었기에 상품에 대해 영업성 홍보 멘트를 해야 하는 일이 부담스러웠다. 내가 하고 싶은 걸 하면서도 사람들에게 진정으로 도움이 되는 직업을 하고 싶었는데, 이 길이 맞는 건지 확신이 들지 않았다. 회의감은 점점 더 커졌고, 시간이 지날수록 회사 일에도 소홀해졌다. 다니는 동안 좋은 실적을 내지 못했고, 나는 영업과 맞지 않는다는 결론을 다시 한번 내렸다.

그때만 해도 나를 제대로 알지 못했다는 생각이 든다. '무대에

서는 것을 좋아했던 나'에 대해선 진작 알고 있었지만, 솔직하고 당당하고 싶은 마음속 목소리는 한쪽으로 접어놓은 채 외면했던 것 같다. 내가 무엇을 좋아하는지, 무엇을 불편해하고 힘들어하는지 알아가는 것은 당장 하는 작은 선택에서부터 오늘, 그리고 내일 나아가 현재와 미래를 결정짓는 데 아주 중요한 요소가 된다.

선택을 계속해 가면서 계속해서 나의 다른 면을 발견하게 되었다. 학원 강사를 할 때였다. 나는 다양한 학년의 수업을 맡아 학생들을 가르쳤다. 학원강사는 무대에 서고 싶어 하는 나의 욕구와, 더불어 아이들에게 선한 영향력을 줄 수 있다는 사실이 좋아 시작하게 되었다. 하지만 수업을 하다 보니 과목에 대해 가르칠 때가 아니라, 아이들의 이야기를 들으며 공감하고 학생들을 응원할 때 더 큰 만족감을 느끼고, 일하고자 하는 동기부여가 된다는 걸 깨달았다. 학생들의 진로 고민을 듣고, 함께 찾아보고, 자기소개서 첨삭을 도와주는 게 수업을 준비하고 가르치는 것보다 훨씬 즐거웠던 것이다.

하고 싶은 일이 뭔지 한 번에 알 수는 없었다. 하지만 하나둘씩 현실에 부딪쳐 가며 나를 알아가는 노력을 통해, 결국 내가 원하는 삶을 선명하게 볼 수 있었다.

그렇게 나는 수많은 직업과 경험을 거쳐 내가 진정으로 좋아하는 것을 찾아 마침내 꿈을 완성해 가고 있다. 자신에게 끊임없이 물어가면서 "너는 뭘 좋아하니?", "이건 아무래도 별로였지?" 대화를 나누는 과정을 거쳐 이제야 나를 어느 정도 알게 되었다는 생각이 든다.

남들이 부러워할 만한 뛰어난 재능이 내게도 있다면 좋았겠지만, 내게는 나에게 맞는 길이 있다는 것을 경험을 통해 점차 알게 되었다. 남이 가진 큰 재능보다 내가 좋아하고, 하고 싶어 하는 일을 정확히 파악한 뒤 뛰어나지 않더라도 내게 있는 작은 재능을 소중하게 반짝반짝 갈고닦아 키워 내는 게 훨씬 중요하다. 다른 사람의 재능은 그 사람의 몫이다. 내가 입으면 어딘가 불편하고 엉성한 옷이 될지도 모른다. 다른 사람과 나는 다름을 인정하자. 그들을 부러워하기보다 내가 원하는 것에 대해서 더 깊이 생각하고, 내 인생 방향에 맞는 나만의 재능을 찾아내고 계속 발견해 나가자. 그게 나의 강력한 무기가 된다.

다른 사람과 비교할 필요는 없다. 오직 나에게 집중하고 나의 가치를 찾아 나가면 된다. 온 세상 유일한 존재 단 한 명, 나를 가장 잘 아는 내가 나의 가치를 높일 수 있으며, 복잡한 미로 속에서도 행복을 향한 출구를 찾아갈 수 있는 힘을 지녔다.

'나'를 알아가고, 작은 재능을 계속해서 발견해 나갈 준비가 되었다면, 이제 나를 사랑하는 일에 박차를 가할 일만 남았다. 요즘 트렌드인 '나답게 살기', '있는 그대로 나를 사랑하기'가 바로 그것이다. 나답게 살기를 현재의 내 모습은 조금도 바꾸지 않은 채 무조건 나를 인정해야 한다고 믿는 사람들이 있는데, 진짜 나를 사랑하는 것은 나만의 방식으로 내가 원하는 삶을 살아가라는 주체적인 의미를 담고 있다.

이상은 높은데 그에 미치지 못하는 현실로 괴리감을 느끼면서도 적당한 합리화로 스스로를 다독이고 위로하라는 뜻이 아니다. 삶에 대한 갈급함을 억누르고 억지 만족을 느끼는 게 아니란 뜻이다.

바라는 바가 있다면, 하고 싶은 게 있다면 성취해보는 게 나를 위한 삶이다. 하고 싶은 건 하고, 되고 싶은 건 될 수 있게 적극적으로 움직여야 한다. 그게 나를 가장 위하는 일이며, 원하는 삶으로 가고 싶어 목말라 있는 나를 사랑하는 일이다.

멍하니 있는 내게 이렇게 말해주는 사람이 있을까?

"이리 와 보세요. 내가 당신의 숨은 가치를 찾아 드릴게요. 이렇게 한다면 당신은 훨씬 나아질 거예요."

예전에 『명랑소녀성공기』같이 신데렐라를 만들어 주는 드라마에서는 본 적이 있는 것도 같다. 하지만 우리 현실에선 가만히 있는 내게 이렇게 말해주는 사람은 없다. 내 가치를 찾기 위해 내가 본격적으로 뛰어다니기 전까지는 말이다.

현실을 똑바로 바라보고 내가 원하는 모습에 다가가기 위해 무엇을 해야 하는지를 찾아라.

만약 외모가 마음에 들지 않는다면 개선할 수 있는 부분을 찾아야 한다. 살이 찐 내 모습이 마음에 안 든다면 다이어트를 계속 시도하며 내게 맞는 다이어트 방법을 찾아내야 한다. 내 스타일이 만족스럽지 못하고 원하는 모습과의 차이가 크다면 인터넷 검색을 통해 패션 트렌드를 보며 내게 어울리는 스타일을 매칭해 변화를 주도해야 한다. 감각이 영 없어 그게 어렵다면 조금 비용이 들더라도 컨설팅이나 코칭을 이용하는 것도 효율적인 방법이다. 스타일 컨설턴트 같은 전문가를 찾아 컨설팅을 받는다면 나를 돋보이게 해줄 가장 어울리는 스타일을 찾는 데 큰 도움을 받을 수 있다. 요즘은 질 높은 정보를 쉽게 얻을 수 있고 전문가를 찾기도 쉬워 마음만 있다면 스스로 변화하기 어렵지 않다.

혼자 변화하는 게 쉽지 않다면 관련 카페 검색을 통해 정보를 얻으며 커뮤니티 속에 합류해보자. 관심사를 함께 하는 사람들과 소통을 이어가면 내가 원하는 방향이 더 명확해지고 방법도 손쉽게 얻을 수 있다.

우리는 못 해서 안 하는 게 아니라 안 해서 못 하는 거다. 안 할 뿐이지 못할 건 없다.

그 누구와도 그 무엇과도 나의 가치를 비교하지 말자. 나만이 가진 특별한 능력과 가치를 키워가자. 내게 없는 걸 부러워하지 말고, 있는 걸 적극적으로 활용해서 나의 가치를 끌어올리자.

외모도, 급여도, 능력도 나의 모든 걸 내 기준에 맞추자. 합리적 선택의 기준은 '나'다. 적극적인 삶으로 자신을 찾자. 귀찮아도, 번거로워도, 힘들어도 원하는 바가 있다면 좀 노력해 보자. 내가 나에게 기울이는 헌신과 노력은 전혀 아깝거나 억울하지 않다.

의사, 변호사, 정치인, 수능 만점자, 자격증 10개 딴 사람만 대단하지는 않다. 당신은 당신 자체로 대단하고 충분히 특별한 존재다. 나는 당신을 모르지만, 당신은 자신을 안다. 더 나은 내가 되고 싶어 변화를 원하는 열정가라는 것을.

누가 당신에게 가장 자신 있는 하나가 뭐냐고 묻거들랑 이렇게 무심히 대답하고 뒤도 보지 말고 걸어가자.

"나!"

나는
온전한 내 편

"네가 잘못해서 지금 그 모양인 거야. 다 네 잘못이야."

"너는 행복할 수가 없어. 한 번 스스로를 돌아봐. 너도 네가 부끄 럽지?"

이런 말들을 아무렇지 않게 꺼내며 나를 막 대하는 사람이 주 변에 있다면 즉시 그 사람과 손절해야 한다. 다시는 만나지 않는 게 정신건강에 이롭다. 나의 가치를 끝도 없이 끌어내리려는 사 람. 수많은 좋은 점 가운데 유독 못난 점만을 끄집어 심장을 난도 질하듯 상처를 내는 사람들을 반드시 멀리해야 한다는 걸 우리는 이미 잘 알고 있다.

하지만 이런 말들이 타인이 아니라 자신을 향해 있다면 어떨까? 가시돋힌 말들을 스스로에게 늘어놓으며 자기 자신에게 가스라

이팅하는 사람들이 너무 많다. 과연 나는 당연하듯 스스로를 깎아내리고 한없이 낮추며, 온갖 부정적인 말을 서슴지 않게 퍼붓진 않는지 생각해보자.

나만 해도 수시로 자기혐오를 일삼곤 했다. 마음에 안 드는 부분이 생기면 곧장 자책부터 했고, 어디서부터 잘 못 된 건지 곱씹었다. 정작 다른 사람들에겐 뱉지도 못할 잔인한 말들을 스스로에게 얼마나 많이 했는지 셀 수도 없을 정도다. 이제는 스스로를 가스라이팅하는 못난 짓은 그만두어야 한다. 세상에 내 편이 있다면 그건 오직 나 자신인데, 내가 나에게서 돌아서는 일은 너무 잔인하다.

나를 평가하고 몰아세우는 대신, 나를 사랑해보자.
나를 사랑하는 데는 아무 조건도 필요 없다.
아이를 낳아보니, 내 아이를 보기만 해도 웃음이 난다. 잠시 떨어져 있을 때면 아이가 보고 싶어져 수시로 사진을 보게 된다. 내 자식이 예쁜 이유는 아이가 무얼 해서가 아니다. 그냥 내 아이이기 때문이다.
누워 있는 모습, 옷을 입은 뒤태, 앙다문 입술, 오밀조밀 작디작은 손가락과 발가락, 허공에 흔드는 손짓과 잠자며 내뱉는 숨결

하나하나까지 모든 게 사랑스럽다. 이 아이를 사랑하는데 무슨 조건이 필요할까? 내 아이는 어떤 형용사도 부족하리만큼 이유 없이 그냥 사랑스럽다.

누워만 있던 아기가 뒤집기를 하기 위해서는 수십, 수백 번의 시도가 필요하다. 아기가 뒤집기를 시도할 때 한두 번 만에 해내지 못했다고 아기를 나무라며 다그치지는 않는다. 부모는 옆에서 할 수 있다고 응원해주고 잘하고 있다고 칭찬하며 뿌듯한 미소를 지을 뿐이다.

엄마가 자식을 사랑하듯 나를 대하자. 내가 나의 엄마가 되어 어떠한 이유도 달지 말고 수많은 실수도 보듬어주자. 자신의 부끄럽고 창피한 과거도, 잘하지 못하는 현재일지라도 지금까지 잘해왔고 앞으로는 더 잘할 수 있을 거라고 칭찬하고 응원하자. 내 아이가 기죽지 않게 항상 자신감을 불어넣어 주며 진심으로 잘 해내길 바라는 마음처럼 말이다.

애인에게는 '밀당'이 필요하기도 하다. 표현을 너무 자주 하거나 내가 푹 빠져있다는 느낌을 주면 지쳐서 멀어진다는 건 다소 충격적이고 서글프기도 하다.

남에게 애정을 갈구하고 사랑을 구걸하며 하는 대표적인 말이 있다. 나는 20대에 적어도 이 말을 몇 명의 애인과 친구에게 했던 것 같다.

"네가 어떻게 나에게 이래?"

내 마음을 모조리 쏟아붓고 헌신해도 헌신짝처럼 취급받고 왜 내 마음을 몰라줄까 애끓던 날들이 내게도 많았다. 큰 감정 소모로 지치기 일쑤였고 비참하고 서러운 감정은 20대의 나를 늘 따라다녔다고 해도 무방하다.

외로움과 공허함을 다른 사람으로 채우려 하면 할수록 마음속엔 더 큰 어둠이 몰려올 뿐이란 걸 경험을 통해 느꼈다. 남에게 나를 봐달라고 애원하는 건 비참하고 서글픈 일이다. 이제는 남에게 괜한 감정 소모를 하거나, 나를 지치게 만드는 집착일랑 하지 말자. 나를 나로 채울 때 비로소 온전한 만족감을 누릴 수 있다.

다른 사람의 관심과 애정을 바라는 대신 그 마음을 나에게 쏟자. 내가 어떻게 하면 더 가치 있고 진정한 행복을 누리며 살 수 있을지만을 생각하고 본격적으로 파고들자. 나에게 주는 사랑은 그 마음 한 방울까지 온전히 느낄 수 있다.

이제부터는 집 밖에 나갈 때 온전한 내 편 하나가 동행한다고 생각해보자. 저 전쟁터 같은 험난한 세상속으로 들어가며 아무 보호구도 걸치지 않은 채 연약한 맨몸으로 나간다는 건 세상의 총알받이가 되겠다는 것밖에 되지 않는다. 어디를 가든 든든한 내 편인 '나'를 꼭 데리고 가자. 누가 뭐라고 하면 당황하고 상처받아 울고 있는 내 앞을 막아서고는 "뭐 하는 거예요? 당신이 뭔데 우리 애한테 이래? 당장 사과하세요!"라고 외치는 내 편을.

내 편은 내가 실수했다고 나를 비웃지 않는다. 내가 설사 남들에게 손가락질 받을 잘못을 했다고 해도 그들과 같이 나를 조롱하며 비난하지 않는다. 남들 앞에선 제대로 화장하고 멋진 옷을 차려입어야만 당당해지고 자신 있지만 내 편 앞에선 아무것도 걸치지 않은 나의 민낯 그대로도 마음이 편하고 부끄럽지 않다.

거기가 어디든, 지금 어떤 상황에 놓여있든 있는 그대로 나를 보듬는 온전한 내 편이 되자.

어떤 결과가 나오더라도 "그럴 수 있어. 잘했어" 하며 나를 꽉 안아주자. 내 삶은 열심히 살아야만, 뭔가를 이뤄야만 소중한 건 아니다. 내 삶, 그 자체만으로 소중하다.

소중한 내 삶에서 결코 빠질 수 없는 단 한 사람. 그건 바로 나다. 그 가장 중요한 사람을 내 편으로 만들자. 그리고 말해주자.

"뭐든 해! 난 언제나 무조건 내 편이야."

나만큼 내 삶에
진심인 사람은 없다

어떻게 살아왔건 간에, 지난날을 떠올리면 비록 후회와 미련투성이일지라도 나는 내 삶이 정말 소중하다. 기억하고 싶지 않은 순간들도 많았다.

매일 밤 술만 마시며 "이게 사는 거냐"를 외치던 시간들, 1분을 아껴가며 치열하게 공부하던 시간, 눈뜨면 눈물이 날 정도로 회사에 가기 싫어 오늘 사고가 났으면 좋겠다고 생각하던 시기도 있었다. 그때는 정말 힘들었지만 지금 생각해보면 더 나은 내가 되기 위해 꼭 겪어야만 했던 삶의 과정이 아니었나 싶다. 수없이 실패를 맛보았고 수없이 다시 일어서서 살길을 찾았다. 목표가 생기면 달려갔고, 달리다가 지치면 걸었다. 걷다가 힘들면 잠시 쉬기도 했다. 하나를 이루거나 혹은 실패하고 다른 꿈이 생겼을 때는, 두렵지만 다시 처음부터 시작했다. 주변에서 그 길은 아니라며 고개를 저을 때도 "일단 해보고 판단하겠다"며 외로운 길을 택했다. 이 모든 것들은 내가 그 순간들에 진심이었고 내 삶에 최선을 다했다는 증거들일 테다.

언제나 나는 내가 진심으로 잘되길 바랐다. 제발 좀 성공하길 바랐고, 행복해지길 원했으며, 안정된 삶을 꾸려 마음 편히 살기를 간절하게 바라며 살아왔다. 누구보다 치열하게 살아온 나를 생각하면 한 편으로 애잔하고 가엾기도 하다. 얼마나 삶에 진심이었는지 그 역사를 가장 잘 아는 건 나 자신이기 때문이다. 너무도 간절하고 너무도 절실했던 그때의 마음들이 지금도 온전히 기억난다. 가끔은 나 자신이 미울 때도 있지만 실은 나를 진심으로, 그것도 아주 뜨겁게 사랑한다.

내가 비록 엄마, 아내, 딸, 공무원 같은 많은 역할의 옷을 입고 있지만, '나'는 아무리 많은 옷을 겹쳐 입어도 변하지 않는다. 엄마가 되어도, 아내가 되어도 내가 원하고 꿈꾸는 삶이 달라지지 않는 이유일 것이다. 그래서 내가 가진 역할에 충실하되, 그 안에서 여전히 나는 꿈을 꾼다.

세상에는 행복의 조건이 단순한 사람도 있고, 복잡한 사람도 있다. 나는 꽤 욕심이 많은 편이라서 가족의 행복과 내가 원하는 일들을 다 이룰 때 진정한 삶의 기쁨을 느낀다. '나는 왜 평범하지 않을까?'란 생각도 해보았지만, 남들과 다른 점이 결국 나를 도전하고 성장하게 한다고 생각하니 오히려 특별해 보여서 좋다.

척박한 땅을 비옥하게 일구고, 그 안에 원하는 모종을 심고, 물을 주며 키워온 내 인생은 정성과 노력으로 점철된 결과다. 푸르고 무성하게 자라고 있는 인생은 지금 절정을 향해 달리고 있다. 그 무수한 노력들이 열매라는 결과를 맺는 순간까지 나는 결코 포기하지 않을 것이다. 삶 속에서 내가 원하는 삶에 더 가까이 갈 기회를 만난다면 기꺼이 도전하고, 그 기회를 적극적으로 찾아 나가며 성취와 성공을 이뤄나갈 것이다. 그것으로 진짜 원하는 내 모습을 만날 수 있기 때문이다.

애를 셋 둔 지인이 있다. 네 살 박이에 두 살 쌍둥이까지 거의 혼자 키우느라 옆에서 봐도 매일 정신없이 살아간다. 하루가 부족할 정도로 분주하게 살아도 그녀는 무언가를 하고 싶어 했다. 애들이 어린이집에 가면 낮 시간이 잠시 비는데, 그 때 뭐라도 해야 할 것 같다며 고민했다. 에너지 넘치는 아이 셋과 매일 씨름하다 보면 체력이 남아나질 않을 텐데, 아이들을 돌보는 데만 치중하는 게 아니라 본인의 발전 거리가 필요하다고 생각했던 것이다.

이처럼 우리는 자신의 삶을 더 나은 방향으로 발전시키고 싶어 한다. 아이들을 돌보는 엄마 역할이 자신의 전부가 아니기 때문에, 자아를 실현하고 자신의 이름을 찾아줄 일을 찾는 것이다. '나'를 뒤에 두지 않고, 끊임없이 고민하고 다듬어가는 과정은 건강하고 바람직하다. 대상이 가족이라고 해도 '내'가 빠진 타인만을 위한 시간과 수고는 건강하지 않은 삶의 방식이다. 다른 사람이 인생의 목표가 되고 성과가 된 순간, 내 인생의 주인공은 사라지고 조연들뿐인 핵심 없고 밋밋한 드라마가 된다. 나의 꿈과 성공에 대한 바람을 주저 없이 꺼내놓자.

누군들 날 위해 나처럼 살아줄 수 있을까? 나 역시 남을 위해 온전한 마음으로 진심을 다한다 해도 진짜 내 일처럼 마음을 쓰진 못할 것 같다.

결국 나는 이 책을 통해 나를 빗댄 당신의 이야기를 하고 싶었다. 한때 아무렇게나 방치했던 '나', 꾸역꾸역 다시 주워서 소중히 끌어안았던 '나', 정말 싫을 때도 있었지만 한순간도 포기는 해본 적이 없었던 '나', 그리고 부족하지만 인정하고 배워가며 성장하는 '나' 자신을 사랑하고, '나'를 지키는 당신의 모습을 말이다. 여기까지 함께 오는 동안 우리는 이미 알게 되지 않았나?

나도, 당신도, 우리 모두가.

나만큼 내 삶에 진심은 사람은 없다.

프로실패러의 '찌그러진 삶을 펴는 도전의 기술'

나만큼 내 삶에 진심인 사람은 없다

1판 1쇄 발행   2023년 7월 25일

지은이   원하늘

펴낸이   유영택

펴낸곳   도서출판 니어북스

등 록   제2020-000152호

주 소   서울시 송파구 거마로 29

전 화   02-6415-5596

팩 스   0503-8379-2756

블로그   blog.naver.com/nearbooks

인 쇄   void

ISBN   979-11-977801-5-8

니어북스는 독자 여러분의 소중한 원고를 환영합니다.
언제든 이메일(nearbooks@naver.com)로 문의 주세요.